Werner Leuthner

Der Autor:

Werner Leuthner ist 1942 in München geboren und dort aufgewachsen. Er durchlief drei Ausbildungen: zum Maschinenschlosser, zum Wirtschaftsingenieur und zum Diplompädagogen (Schwerpunkt: außerschulische Jugend- und Erwachsenenbildung).

Sein Berufsleben verbrachte er bei Krauss-Maffei in München-Allach, Siemens in München und dann in der Stadtverwaltung Villingen-Schwenningen. (VHS, Ausbildungswesen, Personalrat). Die letzten zehn Jahre war er als Studienberater in einer Außenstelle der Fern-Universität Hagen tätig.

Diese Tätigkeiten ermöglichten ihm einen breiten Einblick in die Lebensumstände der verschiedensten Menschen.

»Richtig« zu schreiben begonnen hat er mit seinem Renteneintritt 2002. In der Schreibwerkstatt in Villingen-Schwenningen und in der Schreibwerkstatt an der PH-Freiburg hat er Austausch und Anregung gefunden.

Die vorliegende dritte Kurzgeschichtensammlung vereint weitere 27 seiner Kurzgeschichten und zwei Gedichte, gegliedert in die Sparten »Beziehungen«, »Gesellschaft«, »Komisch«, »Märchen und Fabeln«, »Krimi« und »Mysteriös«! Im »Anhang« gibt es noch einen kurzen Essay über das »Wesen der Kurzgeschichte«.

Vom selben Autor:

Maslaukes Transformation,
ISBN 9-783752-667196

Maslauke Zwo – Weitere kurze Geschichten,
ISBN 9-783753-445106

1. Auflage
© Werner Leuthner 2023
Alle Rechte vorbehalten. Das Werk darf auch auszugsweise nur mit Genehmigung des Autors wiedergegeben werden.
ISBN 9-783735-742735
Gestaltung und Satz: Hanno Schreiber,
MacSchreiber – Villingen,
Kontakt@MacSchreiber.de
Herstellung und Verlag: BoD - Books on Demand, Norderstedt
Cover (Front): Frankie und Luisa Demmler
Autorenfoto: eigen

Inhaltsverzeichnis

Vorwort 6
Gesellschaft
Ein Gespräch auf der Parkbank 10
Was wiegt denn eine Seele, Herr Rychel? 12
Ach, diese Lappalie. 23
Astrid Zmöl: Alles geplant? 27
Alle meine Schnäppchen 37
Die Suche des Friedemann Görlitz 41
»Sie haben Recht, – ja, Sie haben Recht!« 50
Ein Versicherungsfall 56
Die Zeit klebt hier an allen Wänden 59
Der Aufsteiger 61
Das Krippenspiel 70
Komisch
»Verstehen Sie Spaß?« 74
Das Gewicht von Engeln 78
Märchen und Fabeln
Marius und der Kater 82
Chiara und die Amsel. 84
Rufus, die Fledermaus. 89
Veronika und die Marder 91
Mysteriös
Als bei Bruno Lenkovich einmal die Zeit stehen blieb ... 100
Der Kraftstein 105
Ein Traum, ein Brunnen und das Vergessen 115
Die Krähe im Feld 118
Das Gefühlspuzzle 120
Im Wartezimmer 124
Krimi
Die vertraute Stimme 132
Meine Nachbarn, der Hausierer und ich 141
Die Nachricht. 148
Beziehungen
Heute schon geküsst? 156
Kleine Geierkunde 161
Eine Wanderung im Wald mit Alfred 163
Anhang
Vom ›Wesen‹ der Kurzgeschichte(n) 166

Vorwort

Nun, bei meinem dritten Band habe ich mit der Maslauke-Tradition der beiden ersten Bände (›Maslaukes Transformation‹ und ›Maslauke ZWO‹) gebrochen. Dies wird schon am Cover deutlich.

Zwei Texte habe ich erneut aufgenommen. Einmal das ›Gespräch auf der Parkbank‹, weil mir dieser wichtig erschien. Und ›Das Wesen der Kurzgeschichte‹ zur Orientierung für alle Leserinnen und Leser, die sich neu auf diese literarische Form einlassen.

Die übrigen Texte sind zum Teil neu; zum anderen Teil aus meinem Geschichtenfundus. Die angehängte Jahreszahl weist auf das Jahr der Entstehung hin.

Nicht alle Texte hier sind Kurzgeschichten im eigentlichen Sinne, folgen also nicht deren ›Dramaturgie‹. Die Spannweite reicht von der Erzählung, Märchen, Fabeln über Gedichte bis zur klassischen Kurzgeschichte.

Die Titelgeschichte ›Als bei Bruno Lenkovich einmal die Zeit stehen blieb‹ deutet auf mein Faible an mysteriösen und philosophischen Themen hin.

Die Zuordnung der einzelnen Texte zu den Kapiteln ist nicht immer eindeutig. Der Übersichtlichkeit halber habe ich das bisherige Schema beibehalten.

Wir haben versucht, Band III noch lesbarer zu gestalten: Ränder breiter, Schrift dunkler. Ich hoffe, Sie empfinden das auch als Verbesserung!

Meinen Leserinnen und Lesern wünsche ich viel Spaß bei der Lektüre von ›Bruno Lenkovich...‹. Und ich freue mich wieder auf Ihre Rückmeldungen.

Mein Dank gilt Hanno Schreiber für die Gestaltung des Buchs, Luisa Demmler und Frank K. für das völlig neue Cover und Klara J. Allgeier für die genaue Durchsicht!

Villingen, im Februar 2023
Werner Leuthner

Gesell-
schaft

Ein Gespräch auf der Parkbank

Obwohl ich keine Unterhaltung suchte, setzte ich mich zu dem älteren Herrn auf die Parkbank: Zehn Meter weiter und die nächste Bank wäre frei gewesen. Aber mir war an einer – wenn auch stummen – Gesellschaft gelegen. Ich nickte ihm zu und schaute dann den Leuten nach, die alle diese Stelle passierten. Er betrachtete mich die ganze Zeit von der Seite her, das spürte ich. Da wandte ich mich ihm zu. Er war mir nicht unsympathisch, dieser kleine Grauhaarige in seinem Anzug, deshalb nickte ich ihm erneut zu und bemühte ich mich gleichzeitig, ein bisschen freundlich zu wirken.

Irgendwann, so begann er vor sich hin zu reden, irgendwann sind sie alle vom Leben weichgekocht. Manche werden Zyniker, das sind die Schlimmsten, – sie können keine positive Regung mehr zulassen und fürchten sich vor Fröhlichkeit und vor Farben, alles zersetzen sie mit ihrem Zynismus – wie mit Säure – nur Grau hat bei Ihnen Bestand.

Da sind mir die stillen, die traurigen Trinker lieber, die auf ihren speziellen Pegel hinsteuern. Erst dieser Pegel lässt sie Mensch sein, erlaubt ihnen ein Überleben in ihrer Welt. In diesem Zustand kommen ihnen die erstaunlichsten Einsichten. Ich sage Ihnen, wahre Philosophen sind sie dann. Oft fühlen sie sich so der allumfassenden Lösung ganz nahe, der Lösung für alle Probleme. Man sieht es dann ihren Gesichtern an, wenn sie zu leuchten beginnen. Sie wollen sich die Lösung einprägen, abspeichern für den nächsten Tag, an dem sie endlich aktiv werden wollen. Und dann sind sie besonders traurig, wenn ihnen dies nicht gelingt, wenn ihnen die Lösung wieder mal entgleitet. Es ist schon paradox: wenn sie die Lösung haben, können sie sie nicht umsetzen und wenn sie die Lösung umsetzen könnten, fällt sie ihnen nicht mehr ein.

Nach einer kleinen Pause fuhr er fort: Die lauten Trinker mag' ich nicht, die da herum poltern und andere belästigen. Ebenso wenig mag' ich die Hektiker, die mit ihrer Geschäftigkeit all die leeren Pausen zudecken wollen. – Buddhist müsste man sein. Wenn so jemand keine Erwartungen mehr an das Leben hat, können ihm die Widrigkeiten des Lebens auch nichts mehr anhaben, dann ist er frei. Aber wer schafft das schon – ohne Bedürfnisse und ohne Erwartungen an das Leben zu sein. Unsereins ohne Bedürfnisse – da wären wir wohl schon tot!

Nach einer erneuten Pause drehte er sich ganz zu mir herüber, sah mich direkt an und sagte: Und – wenn ich Sie fragen darf – wie halten Sie es?
 Ich erschrak und für einen Moment war ich sprachlos; ich zuckte mit den Schultern. Dann hörte ich mich stottern: ich, ich muss in Bewegung bleiben, muss mich immer wieder in Bewegung setzen. Das Ziel kenne ich auch nicht, trotzdem hoffe ich, ihm näher zu kommen.
 Mit einem Ruck stand ich auf, wandte mich ihm zu und verabschiedete mich mit einem Nicken. Mit schnellen Schritten entfernte ich mich. Irgendwann, so klang es in mir nach, irgendwann sind sie alle vom Leben weich gekocht... Langsam fand ich wieder zu meinem normalen Tempo zurück. Irgendwann...

(2002/2008/2015)

Was wiegt denn eine Seele, Herr Rychel?

Teil I

Bernd Rychel hatte als Lehrer hier im Gymnasium die Fächer »Deutsch« und »Ethik« unterrichtet und war nun schon fünf Jahre im Ruhestand. Seine Lieblingslektüre in allen Zeitungen, die er in die Finger bekam, waren die Todesanzeigen. Diese studierte er hingebungsvoll. Und mit einer ihm selbst nicht ganz geheueren Genugtuung.

Irgendwann kam ihm die Idee, als Trauerredner zu wirken, und so dem Sterben und dem Tod näher zu kommen, nicht nur vermittelt, auf Distanz, durch die Todesanzeigen. Er las entsprechende Berufsbilder und bildete sich autodidaktisch fort. Er hatte ja schon eine breite Basis. Und er konnte zuhören und emphatisch sein. Seinen ersten Einsatz hatte er bei der Trauerfeier für einen ehemaligen Kollegen. Nachdem dieser Auftritt erfolgreich ablief, war er sich sicher, dass dies das richtige Betätigungsfeld für ihn im Ruhestand war. Allerdings musste er sich mit seinen persönlichen Ansichten sehr zurückhalten.

Für Bernd Rychel waren die Menschen unbelehrbar; Kriegsfolgen hatten sie nie davon abgehalten, weitere Kriege zu führen. Inzwischen mit modernster, effizienter Technologie – doch dahinter die alten archaischen Muster. Und die Ausplünderung des Planeten schritt ungehindert voran. Für den Planet »Erde« war die Menschheit sicher wie eine schlimme Krätze. Deshalb musste jeder Todesfall dem Planeten ein Quäntchen Erleichterung bringen. Doch die Weltbevölkerung wuchs stetig weiter und damit die Belastung für diese Welt.

Die Hinterbliebenen hatten sich auch das Paul-Gerhard-Lied »Wir sind nur Gast auf Erden« gewünscht. Beim Spazierengehen summte er die erste Strophe vor sich hin:
»Wir sind nur Gast auf Erden,
Und wandern ohne Ruh,
Mit mancherlei Beschwerden,
Der ew'gen Heimat zu!«

Ihm gefiel dieses Lied auch, doch an zwei Begriffen störte er sich, und zwar immer wieder, an »Gast« und an »Heimat«!

In seiner Vorstellung bedeutete »Gast«, dass man eingeladen wurde. Dass man folglich auch die Möglichkeit gehabt hätte, die Einladung auszuschlagen. Doch niemand ist je gefragt worden. Niemand konnte gefragt werden. Ungefragt ist jede und jeder zu Welt gekommen. Wer hätte auch antworten sollen? Vor der Befruchtung gab es nichts. Und der Zellhaufen danach kann sich auch nicht äußern. Doch dann ist es bereits zu spät. Bis man auf die hypothetische Frage »Wolltest du denn auf die Welt kommen?« antworten kann, muss man in seiner persönlichen Entwicklung schon sehr weit fortgeschritten sein. Später würde die Frage dann vielleicht lauten: »Willst du auf der Welt sein oder bleiben?«.

Sollte man nicht die erste Zeile in diesem Liedtext umformulieren; wie wäre es mit:

»Vorübergehend sind wir auf Erden«
Das sind zwei Silben mehr als beim Original. Oder:
»Begrenzte Zeit sind wir auf Erden«
Auch nicht besser.

Statt »Gast« das Wort »kurz« zu nehmen, schien ihm zu dürftig. Dann wollte er es doch bei der alten Form belassen.

Der Begriff »Heimat« war für Rychel zuerst einmal ein Ort oder eine Gegend, zu dem man eine emotionale Bindung hat. Entweder aus eigener Erfahrung, weil man dort aufgewachsen ist oder aus der Schilderung seiner Eltern oder Großeltern, wie etwa bei den Heimatvertriebenen.

Aber von der »ew'gen Heimat« konnte ja niemand berichten, sie ist ein reiner Sehnsuchtsort. Ist man von dort aufgebrochen bei der Geburt? Niemand hat eine Erinnerung. Niemand kann eine Erinnerung haben!

Sie ist der Ort, in dem es im Gegensatz zum oft beschriebenen »Jammertal«, der Erde, eben keine Beschwernisse, Krankheiten, Not und Bedrängnis mehr gibt. Also eigentlich das Paradies.

Doch da gibt es noch eine Hürde für die Gläubigen zu überwinden, das Fegefeuer. Rychel grinste in sich hinein, als er darüber nachdachte. Er war froh, nicht kirchengläubig zu sein. Er würde einmal diesen Umweg nicht nehmen müssen.

Bei den Gesprächen mit den Hinterbliebenen musste er darauf achten, keine religiösen Gefühle zu verletzen. Doch in der Regel kamen zu ihm, dem »Freien Trauerredner«, überwiegend Leute mit nur noch geringer oder gar keiner Kirchenbindung mehr.

Ein Begriff schien Rychel alle Veränderungen überdauert zu haben, der Begriff der Seele.

Aber auch sein Lieblingsphilosoph Arthur Schopenhauer brachte ihn hier nicht weiter. Dieser schrieb, »Die sogenannte Seele ist die Verbindung des Willens mit dem Intellekt«.

Dies aufzugreifen, würde alles verkomplizieren und seiner Absicht zuwider laufen, auf ein allgemein verbreitetes Verständnis von Seele zu bauen.

Auch die moderne Hirnforschung war für ihn nicht hilfreich, taucht doch dort der Begriff »Seele« kaum mehr auf. Forschungsgegenstand ist jetzt »Geist« oder »Gehirn«. Ihm, Rychel, war eine reduktionistische Sicht, dass alles »Geistige« auf chemisch-elektrische Prozesse zurückzuführen sei, ja selbst zu nüchtern und musste erst recht für seine Kundschaft enttäuschend sein.

Auch aus Sicht der Hinterbliebenen kam es ja weniger auf die geistige Kompetenz an, die einen Verstorbenen auszeichnete, sondern auf seinen Charakter, sein Wesen. Also die immaterielle »Essenz«, die als Seele bezeichnet wird. War er oder sie eine »Gute Seele«?

Bei seinen Spaziergängen trug Bernd Rychel – ganz altmodisch – ein Notizbuch mit sich und hielt darin seine Einfälle zum Begriff »Seele« fest. Redewendungen und zusammengesetzte Wörter.

Irgendwann stellte er diese Liste zusammen:
- sich etwas von der Seele reden,
- Worte, die Balsam für die Seele waren,
- ein Herz und eine Seele sein,
- es liegt mir auf der Seele,
- du sprichst mir aus der Seele,
- mit Leib und Seele dabei sein,

- seine Seele dem Teufel verkaufen,
- nun hat die arme Seele Ruh',
- Essen und Trinken hält Leib und Seele zusammen,
- darauf erpicht sein, wie der Teufel auf die arme Seele,
- eine schwarze Seele haben,
- Die Absicht ist die Seele der Tat,

aber auch einzelne Worte wie »seelengut«, »seelenruhig«, »unbeseelt«, »unselig«, »Seelenheil« oder »Seelsorger«.

Er wollte diese Aufzählung dahin gehend abklopfen, was für den Einsatz bei seinen Trauergesprächen geeignet wäre.

Ganz aus der Reihe fiel dabei etwas durchaus Materielles, das im süddeutschen Raum vorkommende Gebäck »Seele«. Meist ist es mit Salz und Kümmel garniert und sieht wie ein kleines Baguette aus (und schmeckt ähnlich). Wie kam diese Art von »Weißbrot« wohl zu seinem Namen, rätselte Rychel. Neben all den Semmeln, Brötchen, Schrippen, Laugen und Laugenstangen? Stellte man sich so die Form von Seelen vor: etwas über 20 Zentimeter lang, sechs bis sieben Zentimeter breit und drei hoch?

Rychel stand dem Seelenglauben sehr skeptisch gegenüber, vor allem dem der kirchlichen Ausprägung. Die Seele ist unsterblich – so lautet das Dogma. Doch wenn die Seele die personale Essenz eines Menschen ist, so muss sie sich im Laufe des Lebens erst heranbilden und ausprägen. »Reifen?«

Bei der Geburt wird jedem neuen Menschlein eine Seele »von Gott zugeteilt«. Oder eine Seele geht auf irgend einem geheimnisvollen Wege die Verbindung

zu diesem Neugeborenen ein, das ja noch keine Persönlichkeit ist oder hat. Rychel legte sich das mit einem Bild aus der Chemie oder Physik zurecht: So wie sich zwei Atome gegenseitig anziehen (können), um dann gemeinsam ein Molekül zu bilden, so ziehen sich Mensch und Seele an.
(Was den Zeitpunkt anging, hielt er es für völlig unwahrscheinlich, dass diese Koppelung schon mit der Zeugung erfolgen könnte).

Es war für Bernd Rychel logisch, dass diese so verbundene Seele ein »Blanko«-Exemplar sein müsse, denn diese sollte ja im Laufe des Lebens »gefüllt« werden mit all dem, was diesen einen Menschen später ausmacht!

Rychel plagten Zweifel. (Doch von diesen Zweifeln bekamen seine Kunden nichts mit.) Da Seelen unsterblich sind, müssen sie schon vorhanden sein! Es müsste also einen unerschöpflichen Fundus an Seelen geben. Jetzt leben etwa acht Milliarden Menschen auf der Erde. Hinzu kommen die vielen, die schon früher lebten.
  Die Kirchengläubigen gehen von der Weiterexistenz ihrer Seelen aus – möglichst nahe bei (ihrem) Gott, also in der »ew'gen Heimat«.
  Und was passiert mit den Seelen der Ungläubigen? Werden diese recycelt? Nach einem »Reset« erneut in Umlauf gebracht? Ganz nachhaltig!

An eine für Rychel sympathischere Sicht von Seelen im Jenseits konnte er sich bei Dante erinnern. In Dante Alighieris vor etwa 700 Jahren erschienenen »Commedia« werden Seelen als sichtbare Schatten beschrieben. Man konnte sie aber nicht anfassen oder umarmen, auch wenn sie eine (ihre) Stimme besaßen. In der christlichen Lehre sind Seelen körperlos und (eigentlich) unsichtbar. Doch wie kann man etwas Unsichtbares Gläubigen vermitteln?

Rychel kamen verschiedene mittelalterliche Darstellungen von Sterbenden in den Sinn. Darin sieht man eine (kleine) menschliche Gestalt aus dem Mund des Moribunden entweichen: die Seele. Und oft streiten sich dann ein Engel und ein Teufel um diese sich vom Körper lösende Seele.
Die Ägypter haben dagegen den »Geist« des Toten als Vogel dargestellt. Bereits in den Höhlen von Lascaux, also vor circa zwanzigtausend Jahren, hat man den nicht-materiellen Teil des Menschen in Form von »Totenvögeln« veranschaulicht.
 Der Stauferkaiser Friedrich der Zweite wurde für seine Naturbeobachtungen berühmt, zum Beispiel seine Aufzeichnungen über Falknerei. Von diesem Friedrich wird berichtet, dass er einen zum Tode Verurteilten in ein dichtes Fass einschließen ließ. Wie zu erwarten, erstickte der Unglückliche dort. Friedrichs Überlegung war, dass die Seele des Toten aus diesem Behältnis ja nicht entweichen konnte und folglich zu sehen sein müsste. Er ließ das Fass vorsichtig öffnen. Außer dem Toten war nichts zu entdecken. Von dem Gesuchten also keine Spur.
 Bei seinen Recherchen zum Thema »Seele« stieß Rychel auch auf den amerikanischen Arzt Duncan MacDougall (1866-1920), der Sterbende auf die Waage legte und ihr Gewicht vor und nach deren Tod ermittelte. Die Gewichtsunterschiede betrugen zwischen 8 und 35 Gramm. Das müsste dann das Gewicht der flüchtigen

Seelen sein, schlussfolgerte MacDougall. Doch nachdem die Versuchsreihe nur sechs »Probanden« umfasste, gerieten seine Ergebnisse in Vergessenheit...

Teil II

Da wurde an Bernd Rychel ein ungewöhnlicher Antrag gestellt. Ob er nicht auch als Sterbebegleiter wirken könne? Ein späterer Einsatz als Trauerredner würde sich dann ja geradezu anbieten, da er den Sterbenden noch persönlich kennengelernt habe.

Der Betroffene sei 66 Jahre alt, leide an einer inzwischen unheilbaren Form von Leukämie, seine Lebenserwartung sei – optimistisch geschätzt – noch 14 Tage. Er sei Forstarbeiter gewesen und heiße Franz Kornhaas.

Rychel hatte Bedenken, ob er bei jemandem, der eine vergleichsweise einfache Arbeit ausgeübt hatte, den »richtigen Ton« treffen würde. Doch er war auch neugierig und sagte zu.

Das Zimmer im Hospiz, in dem Herr Kornhaas untergebracht war, war hell und geräumig und das Bett stand mit dem Fußende zum Fenster. Rychel räusperte sich, doch nichts geschah. Er trat zum Bett und erschrak: Ein großer und völlig abgemagerter Mann lag da im Bett, das Kopfteil erhöht. Zugedeckt mit einer leichten Decke, auf der Arme und Hände lagen. Kornhaas wandte den Kopf und sah ihn erwartungsvoll an.
»Ich heiße Bernd Rychel«, so stellte er sich vor. »Ihr

Sohn meinte, ich könnte mich mit Ihnen unterhalten? Darf ich mich zu Ihnen setzen?

Rychel wartete, und es kam ihm sehr lange vor, bis Herr Kornhaas nickte. Rychel zog einen Stuhl heran, setzte sich und verharrte so.

Dann sprach Herr Kornhaas mit leiser Stimme: »So, mein Sohn hat Sie also geschickt? Sind Sie denn Pfarrer?«

»Geschickt? Das trifft es nicht. Da ich im Ruhestand bin, habe ich viel Zeit. Und Ihr Sohn hat dies mitbekommen und wohl gemeint, es wäre eine Abwechslung für Sie. Ich bin kein Pfarrer; ich war Lehrer.«

»Mir ist nicht langweilig! Mir war nie langweilig!« und nach einer Pause: »Ich war oft alleine in meinem Wald und habe nichts vermisst! Was haben Sie unterrichtet? Naturkunde? Biologie?«

Rychel schüttelte den Kopf: »Nein, nicht Bio – Deutsch und Ethik!«

»Schade!«

»Aber vielleicht wollen Sie sich ja nicht über Gehölze mit mir unterhalten, sondern über die knappe Zeit, die Ihnen noch bleibt«, entgegnete Rychel.

Kornhaas lachte heiser: »Also doch Pfarrer! Ich habe nichts zu beichten. Ich bin mit mir im Reinen! Es gibt für mich nichts mehr zu klären. Die Person, die ich vernachlässigt habe, die zu kurz gekommen ist, da kann ich nichts mehr gut machen. Die ist schon lange tot, Else, meine Frau!

In meiner Freizeit war ich viel, sehr viel mit meinen Feuerwehrkameraden unterwegs – und wenig zu Hause.«

Kornhaas holte ziehend Luft.

»Und mit meinen beiden Kindern gibt es auch nichts zu klären! Sie erben das Häuschen je zur Hälfte. Aber ich bin ihnen dankbar, dass ich hier sein kann. Ich kann mir nämlich nicht vorstellen, dass das alles die Krankenkasse zahlt! Schönes Zimmer, sehr freundliche Leute. Gutes Essen, von dem ich kaum etwas zu mir nehmen kann. Wirklich wie im Urlaub!«

Kornhaas machte eine Pause. »Es geht mir gut. Ziemlich gut sogar!«
Er hielt wieder inne, dann: »Keine Schmerzen. Nur müde – immer müde! Vom Nichtstun müde! Ich verstehe das nicht. Ich werde noch mein Sterben verschlafen. Dabei will ich doch wissen, wie es ist, das mit dem Sterben! Wissen Sie, wie das ist? Herr... Herr... Entschuldigung, ich hab' Ihren Namen vergessen!«
»Das macht nichts«, entgegnete Rychel, »mein Name ist auch nicht so geläufig. Rychel heiße ich!
Er hielt inne.
»Ich glaube, jede oder jeder stirbt anders. Es ist immer ein ganz persönlicher Vorgang. Haben Sie denn eine bestimmte Erwartung, Herr Kornhaas?«
Kornhaas lächelte: »Ja, ich glaube, ich werde immer leichter. So leicht, bis ich abheben kann. Ich meine nicht meinen Körper.« Er bewegte seine rechte Hand und beschrieb damit einen Bogen vom Kopf bis zu den Füßen. »Ich bin schon sehr dünn geworden. Ich wog einmal über neunzig Kilo und jetzt nur noch knapp Sechzig. Aber das meine ich nicht. Ich meine das ›Innerlich-leicht-Werden‹«.
Nun schwiegen beide.
Rychel räusperte sich wieder: »Und Sie fühlen sich jetzt schon fast leicht genug, um abzuheben?«
Kornhaas nickte. »Ich freue mich auf das Wegschweben. Ich stelle mir das vor wie bei einem Distelsamen, den ein Windhauch trägt.«

»Ja, das muss schön sein, so zu schweben«, sagte Rychel, lächelte Kornhaas an und ergriff seine Hand.

Kornhaas nickte. »Und wenn ich hoch genug bin, werde ich Else treffen!«

»Ganz sicher werden Sie das«, sagte Rychel und drückte Korhaas' Hand noch fester. »Und ihre Frau wird Ihnen nichts nachtragen; sie wird sich nur freuen. Auf Sie, auf ihren Franz!«

Lange blieben die beiden so. Stumm. Rychel wandte den Kopf, sah zum Fenster hinaus, verfolgte die Wolken und verlor das Zeitgefühl. Irgendwann hatte er das Bedürfnis, seine Hand und den Arm zu bewegen, sonst drohte beides einzuschlafen. Da bemerkte er, dass Kornhaas' Hand nur locker in seiner lag. Er erschrak und fuhr mit einem Ruck herum. Kornhaas' Mund war leicht geöffnet, die Augen geschlossen – er atmete nicht mehr.

Rychel legte Kornhaas' Arm und Hand sanft auf der Decke ab und strich die Finger glatt. Langsam erhob er sich und murmelte: »Nun habe ich Ihr Abheben verpennt! Leicht wie ein Distelsamen sind Sie los. Und den Windhauch habe ich gar nicht gespürt«. Er blickte zum gekippten Fenster. Und lächelte, als er das Zimmer verließ.

(2002 / 2008 / 2015)

Ach, diese Lappalie

Eigentlich hätte ich schon längst gehen können, aus der Abteilung »Herrenduft«, denn mein Rasierwasser war nicht vorrätig. Was mich hielt, war eine gut aussehende Frau im dunkelblauen Hosenanzug in der Nachbarabteilung, der »Parfümerie«. Gerade in der Verlängerung meines Ganges stand sie: die blonden Haare bis knapp zur Schulter, so um die 45 Jahre, schlank, aber nicht mager, weiße Bluse, deren obere Knöpfe offen standen, alles passte bei ihr bis hinunter zu den dunkelblauen Pumps, Typ Bankerin.

Aufmerksam geworden bin ich auf sie durch ihre Erscheinung, aber was mich hier verharren ließ, war ihr Verhalten. Dass sie immer neue Duftproben auf ihre Handgelenke sprühte und daran roch, war nicht außergewöhnlich. Das Besondere war, dass sie sich dabei immer umsah. Natürlich hatte sie bemerkt, dass ich sie beobachte. So tat ich, als vergleiche ich die Angebote, bewegte mich dabei nur geringfügig vor meinem Regal und behielt sie im Blick, so aus dem Augenwinkeln heraus.

Auf einmal wandte sie sich mir zu, lächelte, spöttisch, wie mir schien, und steckte ein Flacon in ihren Ausschnitt, unter die Bluse und weiter bis unter das Revers ihres Jacketts. Sie drehte sich um und schritt völlig ruhig Richtung Ausgang.

Ich fasse es nicht! Wie kommt so eine Frau dazu, zu klauen? In meinem Beisein? Vermutet sie, ich wäre auch ein Ladendieb, also ein Komplize? Oder hat sie mich für so harmlos eingeschätzt, dass ich nicht einmal nach dem Ladenpersonal rufen würde? Ich muss ihr nach.

Als ich um die Ecke bog, sah ich sie die Kasse passieren. Dabei hob sie beide Hände, die Handflächen senkrecht nach oben, zum Zeichen, dass sie nichts zu bezahlen hatte. Spätestens jetzt hätte ich sie auffliegen lassen müssen. Ich hätte schreien müssen: »Die Frau hat ein Parfüm eingesteckt!« Ich tat es nicht – ich konnte es einfach nicht. An der Pendeltür drehte sie sich nochmals um, lächelte mir zu und ging hinaus.

Es war nur diese eine Kasse besetzt. Vor mir zwei Schülerinnen, die jeweils eine Handvoll Süßkram auf das Band legten. Ich drängte mich an den Mädchen vorbei, hob gegenüber der Kassiererin ebenfalls meine Hände und stieß hervor: »Ich habe auch nichts!« und eilte zur Tür.

Draußen sah ich nach links und rechts. Ja, da war sie, vielleicht zehn Meter entfernt, vor einem Schaufenster. Als sie mich entdeckte, drehte sie sich mir zu. Schnell schritt ich auf sie zu.

»Nun«, damit empfing sie mich.

»Was – nun?« entgegnete ich, »Sie haben ein Parfümfläschchen geklaut!«

»Und Sie haben es nicht verhindert! Im Gegenteil: Sie haben diese entsetzliche Tat toleriert. Sie haben sich die ›Fangprämie‹ des Drogeriemarktes entgehen lassen. Warum, frage ich mich da.« Sie sprach völlig ruhig mit mir, so als würde sie einem ausländischen Touristen den Weg zum Bahnhof erklären und lächelte.

Jetzt erst nahm ich ihre blaugrauen Augen wahr und ihren sonnengebräunten Teint. Mein Gott, sie sieht verdammt gut aus.

Meine Augen fraßen sich in sie fest.

»Nun, was wollen Sie? Für eine Anzeige ist es zu spät. Wir sind außerhalb des Geschäfts und ich hätte das Parfüm hier ja schon mal früher gekauft haben können!«

Dabei zog sie mit ihrer rechten Hand das Fläschchen aus ihrem Ausschnitt und steckte es rechts in ihre Jackentasche.

Ich riss mich zusammen und begann zu stottern: »Ich hab' es einfach nicht unter einen Hut gebracht, dass eine so gut gekleidete Frau wie Sie es nötig hat, zu klauen.«

Sie lachte hell auf.

»Ich glaube Ihnen nicht – so, wie Sie mich anstarren. Sie wollen etwas anderes von mir. Raus mit der Sprache. Druckmittel haben Sie allerdings keines mehr in der Hand! Kommen Sie, ich wohne gleich um die Ecke, in dem Appartmenthochhaus«. Sie ging los.

Ich lief rot an. An diese Möglichkeit hatte ich bislang nicht im Geringsten gedacht.

»Nein«, beteuerte ich, »Ihre Beweggründe interessieren mich!«

Und trotzdem lief ich mit.

»Aha, der Psychologe treibt Feldforschung«, spöttelte sie. »Oder geht es mehr um mein Seelenheil? Mich abbringen von der Schiefen Bahn?«

Sie hielt einen Moment inne, sah mich von der Seite an und fuhr fort:

»Ach, diese Lappalie im Wert von 40 Euro. Und Sie machen so viel Aufhebens!«

Sie lachte verhalten vor sich hin.

Ich schwieg und trottete neben ihr her.

»Können Sie sich denn nicht vorstellen, dass man in einem Job, der zur Routine geworden ist, ein bisschen Aufregung braucht? Ein bisschen Nervenkitzel sucht? Klar, könnte ich mir so ein Parfüm kaufen. Ich könnte mir Hunderte davon kaufen. Aber was wäre das schon? Die lückenlose Fortsetzung meines Alltags. Fade! Öde!«

Sie machte ein Pause.

»Das einzige, was meinen Spaß mindert, ist, dass ich nie kontrolliert werde. Die Verkäuferinnen trauen es mir einfach nicht zu. Aber kontrolliert zu werden und dabei durchzukommen, das gäbe den richtigen Kick. So, da wären wir«.

Wir standen vor einem neuen, hohen Gebäude. Neben der Tür auf dem Klingelbrett mindestens 50 Namen. Sie nahm einen Schlüsselbund heraus, sperrte auf und ließ mir den Vortritt.

Mir fiel auf, dass sie den Schlüssel nicht abzog.

»Nun sind Sie ja gleich am Ziel Ihrer Wünsche«, sagte sie lächelnd und schob mich mit ihrer Linken in den Vorraum mit den vielen Briefkästen. Verwundert blickte ich mich um. Hinter mir schlug die Tür ins Schloss, ich drehte mich auf dem Absatz herum und sah, wie sie von außen zusperrte. Ich riss an der Türklinke – die Tür war zu.

Ich rüttelte an der Tür und schrie: »Machen Sie gefälligst auf! Was soll das?«

Sie sah mich an und lächelte süffisant.

»Bitte machen Sie auf!«

Ungerührt steckte sie ihren Schlüsselbund ein, trat einen Schritt zurück, hob ihre rechte Hand und winkte mir leicht zu. Dann verschwand sie.

(2013)

Astrid Zmöl: Alles geplant?

Astrid Zmöl war, was man einen »Zahlenmensch« nennt. Schon im Gymnasium lag ihr das Fach »Mathematik« mehr als die anderen, in ihren Augen weniger konkreten Fächer. Da sie gleichzeitig ein Faible für alles Monetäre entwickelte, studierte sie nach dem Abitur logischerweise Volkswirtschaft.

Vor ihrer Heirat war Astrid ein paar Jahre als Volkswirtin bei einer Bank beschäftigt. Nach mehrjähriger Familienphase folgte die Scheidung, die sehr kostspielig für sie war. Ihr Mann hatte sich vor Gericht erfolgreich als arm dargestellt, so dass sie ihn unterstützen musste. Dann wurde sie wieder berufstätig – als selbstständige Finanzdienstleisterin. Sie gewann im Lauf der Zeit einige angesehene Anwalts- und Steuerkanzleien als Kunden, für die sie dann arbeitete.

Als Leserin von »Handelsblatt«, »Wirtschaftswoche«, »Focus Money« und anderen Fachpublikationen war sie stets gut informiert und hatte bei eigenen Börsengeschäften ein glückliches Händchen.

Da ihr persönlicher Lebensstil nicht aufwendig war, konnte sie sich ein ordentliches Polster an Rücklagen bilden. Als Fachfrau hatte sie natürlich ihr Risiko minimiert und ihre Anlagen breit gestreut: Immobilien – Anleihen – Fonds – Aktien – Rentenpapiere.

Kein Wunder also, dass sie für die Pflege ihres Bestands viel Zeit aufwenden musste. Daneben nahm sie sich nur Zeit für wenige Hobbys: so war ihr ihr Schafkopfnachmittag wichtig und gelegentliche Scrabble-Runden mit Freundinnen. Früher hatte sie noch erfolgreich Tischtennis im Verein gespielt. Wegen zunehmender Probleme mit ihren Knien musste sie diesen Sport aufgeben. Danach mutierte sie zu einem ausgesprochenen Bewegungsmuffel, der sich selbst an gemächlichen Spaziergängen nur widerstrebend beteiligte.

Männerbekanntschaften mied Astrid nicht; es waren jeweils länger andauernde, lockere Verbindungen. Dabei legte sie größten Wert auf eine ausgeglichene »Beziehungsbilanz«. Sie wollte für nichts dankbar sein müssen, sie wollte jede Abhängigkeit vermeiden und bestand deshalb darauf, jede Ausgabe zu halbieren.

Während sie sich aus einer ihr lästig gewordenen Beziehung mit einem Schulterzucken lösen konnte, nagte eine verlorene Schafkopf- oder Scrabble-Partie doch sehr an ihrem Ego.

Mit 69 Jahren beendete sie ihre freiberufliche Tätigkeit und verkündete stolz, ihre Rücklagen würden bis zu ihrem 92. Lebensjahr reichen. Sie habe dazu alle über das Jahr anfallenden Ausgaben mit möglichen Preissteigerungen berücksichtigt. Auch die mit zwei Prozent angesetzte Inflationsrate konnte sie gut mit dem kalkulatorischen Wertzuwachs ihres Wertpapierbestandes kompensieren.

Mit 92 Jahren wäre dann alles »aufgevespert« – aber sie konnte sich wirklich nicht vorstellen, so alt zu werden. Die statistische Lebenserwartung von Frauen betrug derzeit 84 Jahre, das hieße, sie könnte diese Grenze um acht Jahre überziehen. Aber mit 92 war man nach Astrids Auffassung sowieso schon mehr tot als lebendig und das wäre wirklich kein erstrebenswerter Zustand.

Zu ihrem 70. Geburtstag musste Astrid ihre Planung

einer ersten Revision unterziehen, denn in dieser Niedrigzinsphase brachten alle festverzinslichen Papiere nichts mehr. Sie musste »umschaufeln«. Und dies bedeutete noch mehr Arbeit am PC, da sie ja ihre eigene Depot-Managerin war.

Unerwartet fielen bei Astrid einige größere Ausgaben an: mit ihrem neuen PKW krachte sie auf vereister Fahrbahn auf den bremsenden Vordermann auf – was ihr knapp 10.000,- Euro an Reparaturkosten abverlangte; die Rückstufung in ihrer Haftpflichtversicherung nicht eingerechnet.

Und bei ihrer vermieteten kleinen Eigentumswohnung kam es zu einem erheblichen Wasserschaden, den die Versicherung wegen Fahrlässigkeit nur zum Teil übernahm. Dies war während eines kurzen Leerstands durch Mieterwechsel passiert. Ein Verursacher war nicht auszumachen. Die notwendig gewordene Renovierung der eigenen und der darunter liegenden Wohnung verschlang einen erheblichen Batzen.

Besonders schlimm traf Astrid dann ein häuslicher Unfall; nachts, auf dem Weg zum Bad, stolperte sie über eine Teppichfalte, stürzte und brach sich den rechten Oberschenkelhals.

Obzwar Privatpatientin, war sie mit der Betreuung im Krankenhaus alles andere als zufrieden. Von stets gehetztem Pflegepersonal abhängig zu sein, empörte sie. Das wog auch die tägliche Chefvisite nicht auf.

Dass ihr, Astrid Zmöl, dieser Knochenbruch passieren konnte, verunsicherte sie zutiefst.

All diese Ereignisse, die da in so kurzer Zeit auftraten, kratzten nun an ihrem Glauben an eine planbare persönliche Zukunft. Ihr Motto »Positiv denken!« verlor an Bedeutung.

(So wuchs in ihr der Wunsch, sich nach ihrer Genesung eine Einrichtung des Betreuten Wohnens zu suchen und mittelfristig dort einzuziehen).

Ihre Stimmung litt sehr darunter, dass sie sich nun nicht mehr um Börsenkurse kümmern konnte und ihre damit verbundenen schnellen Reaktionen ausbleiben mussten. In diesem zwar angesehenen, aber völlig veralteten Krankenhaus hatte sie keinen Internetzugang. Auch wenn sie diesen gehabt hätte, hätte sie zusätzlich all die Unterlagen benötigt, die sie zuhause aufbewahrte.

Dem Krankenhausaufenthalt schloss sich eine mehrwöchige Reha-Maßnahme an, während der sie sich auch nicht um ihren Wertpapierbestand kümmern konnte.

Dass sie einmal für längere Zeit verhindert sein könnte, ihre Konten und Depots zu pflegen, hatte sie nie in Erwägung gezogen. Gerade ihr, die sie doch alle erkennbaren Risiken mied, musste so etwas passieren. Astrid verspürte, wie sich tiefer Groll in ihr breit machte.

In der Reha, wo sie anfangs nur unter Schmerzen das Gehen trainierte, drängte sich ihr immer häufiger der Gedanke auf, ihre Rücklagen könnten doch schon vor ihrem 92 Geburtstag aufgebraucht sein.

Und wenn sie ihrer Mutter nachschlagen würde, die es ja auf über 95 Jahre gebracht hat? Diese Vorstellung verbannte sie aus ihrem Bewusstsein. Doch immer wieder schlich sich dieses beunruhigende Bild in ihr Denken ein.

In der Reha-Einrichtung hatte sie aus Langeweile häufig ferngesehen. Es blieb nicht aus, dass sie dabei auch Nachrichtensendungen mitbekam. Berichte von all den vielen Katastrophen, überall in der Welt:

Überschwemmungen, Erdbeben, Krieg, Vertreibung und Flucht. Früher hatte Astrid solche Bilder verdrängt – jetzt trugen sie bei ihr zu einer gedrückten Stimmung bei.

Wieder zuhause, war die Vorstellung von einem Alter in Not bei ihr zur fixen Idee geworden. Ihre kleine Rente aus den paar Jahren Banktätigkeit, ergänzt um die Kindererziehungszeiten reichte ihr für Essen und Bekleidung, denn sie lebte eher spartanisch. Auch ihre Wohnung war bescheiden eingerichtet – auf gelegentliche Besucher wirkte sie eher wie eine sterile Zweckbehausung. Das einzige Unzweckmäßige waren ihre vielen golden und silbern glänzenden Pokale, die sie während ihrer Tischtenniszeit errungen hatte und von denen sie sich nicht trennen wollte.

Am Essen konnte sie nichts weiter einsparen; sie aß sowieso nur wenig und war entsprechend dünn. Nur auf ihren Weißwein wollte sie nicht verzichten. Und als Schnäppchen-Jägerin war sie auf ihr Auto angewiesen, um die Discounter im Umkreis zu erreichen.

Die Prämien für ihre private Krankenversicherung waren exorbitant gestiegen und ein Wechsel in eine gesetzliche Krankenkasse war ihr versperrt. Aber sie wollte bei ihrer privaten Krankenkasse nicht in den billigeren Basis-Tarif wechseln; die Vorstellung, dass ihr erneut solches Unheil widerfahren könnte wie ihr Bruch, hielt sie davon ab.

Zu ihren Söhnen hatte Astrid wenig Verbindung. Ihr älterer Sohn Markus hatte Familie; er war mit einer Eventmanagerin verheiratet, deren »aufgeblasenes« Gehabe sie nicht ertragen konnte. Da sie ihre beiden Enkel oder ihren Sohn praktisch nur in Verbindung mit der Schwiegertochter erreichen konnte, reduzierte sie den Kontakt zu diesen auf das Unvermeidliche.

Ihrem jüngerem Sohn Mauritz fühlte sie sich sehr verbunden. Er war zwar ledig, aber beruflich so engagiert, dass er sie höchstens zweimal im Jahr besuchte.

Während Astrid früher ihre Anlegertätigkeit an der Börse als sportliche Herausforderung betrachtete, ging sie inzwischen immer verbissener ans Werk. Sie nahm höhere Risiken in Kauf und verlor mehrmals. Sie hatte ihre schlafwandlerische Sicherheit verloren, die sie bisher so erfolgreich gemacht hatte. Sie empfand diese Suche nach Indikatoren als Grundlage für ihre Entscheidungen wie Firmenzusammenschlüsse oder gute Bilanzen nun als mühselig. Immer wieder plagte sie die Vorstellung, sie wäre irgendwann auf Leistungen des Sozialamts angewiesen, um bei verbrauchten Rücklagen ihre kleine Rente zu ergänzen. Eine für sie unendlich peinliche Vorstellung. Und sie erinnerte sich an ihre Mutter, die solche Plebejer stets verachtete; Leute, die in deren Augen Staatsleistungen schmarotzten.

Nein, niemals. Auch die Vorstellung, dass dann ihre beiden gut situierten Söhne zu ihrem Lebensunterhalt beisteuern müssten, war ihr unerträglich.

Nein, soweit würde es bei ihr nie kommen.

Niemals!

Und auf einmal war da die Idee, ihrem Leben selbstbestimmt ein Ende zu setzen. Nicht irgendwann, - demnächst. Solange es ihr wirtschaftlich noch gut ginge! Die Frage, wie lange sie letztlich von ihren Rücklagen noch würde leben können – plötzlich ohne Belang. Sie verspürte eine ihr bislang unbekannte Heiterkeit.

In der Zeitung las sie den Bericht von einem Unglücklichen, der sich vor den Zug geworfen hatte. Für so ein Vorgehen fehlte ihr der Mut und die Vorstellung von ihrem zerfetzten Körper am Bahndamm ekelte sie.

Auch ein Erhängen schied für Sie aus. Mit Strick und Hocker in den Wald zu fahren – wenn sie da jemand bei der Vorbereitung sähe – wie peinlich! Und sind nicht die Gesichter der Erhängten entstellt? Nein, das kam auch nicht in Frage.

Wenn schon, dann wollte sie proper auf der Couch liegen, wenn man sie fände.

Es blieben also nur Tabletten.

Astrid fand in ihrem Medizinschränkchen nach einigem Suchen eine Packung DOXEPIN. Das Haltbarkeitsdatum war längst abgelaufen. Sie erinnerte sich, wie niedergeschlagen sie nach ihrer Scheidung gewesen war und die Sorgen, wie sie alles stemmen sollte, hatten ihr damals den Schlaf geraubt. Darum war ihr das Mittel verschrieben worden. Aus einem der beiden Zehner-Blister fehlte eine einzige Tablette.

Jetzt erinnerte sie sich auch daran, dass sie seinerzeit – nach nur einer Tablette – eine weitere Einnahme ablehnte. Sie wollte ohne Hilfsmittel diese Krise meistern und sie hatte sich dann ja auch ohne Medikamente wieder frei gekämpft.

Sie betrachtete die kleine Packung mit den verbliebenen 19 Tabletten und es war ihr klar, dass sie damit ihr Ziel nicht erreichen könne.

In einer Apotheke bat sie um ein starkes Schlafmittel. Die Apothekerin fragte sie nach einem Rezept. Astrid schüttelte den Kopf; da wurde ihr eine Schachtel ›VIVINOX stark‹ gebracht. Die Apothekerin erklärte ihr die Dosierung, doch Astrid hörte ihr nicht zu. Sie wollte gleich mehrere Schachteln mitnehmen, doch der Wunsch wurde ihr abgeschlagen. Sie möge wiederkommen, wenn sie diese 20 Tabletten verbraucht hatte.

Astrid sah sich schon die Apotheken im Umkreis abklappern, um zu einer ausreichenden Anzahl dieser Tabletten zu kommen.

Von den zwölf Parteien, die im gleichen Haus wie Astrid wohnten, hatte sie nur zu einem einzigen Ehepaar so etwas wie nachbarschaftliche Kontakte. Das Paar hatte den Schlüssel zu ihrer Wohnung und leerte bei ihren seltenen Abwesenheiten ihren Briefkasten. Sonst gab es in Astrids Behausung nichts zu tun, denn sie hatte weder in der Wohnung noch auf ihrem Balkon irgend eine Pflanze stehen, geschweige denn ein kleines Tier, das zu füttern gewesen wäre.

Astrid gab Bescheid, dass sie ein paar Tage verreisen würde. Sie würde abgeholt werden und deshalb verbliebe ihr Auto in der Tiefgarage. Wenn ihr Briefkasten überquelle, so sollten sie doch bitteschön – wie bisher auch – dessen Inhalt in ihrem Flur deponieren.

Am Folgetag öffnete Astrid die Rollläden nur so weit, dass die Lamellen nicht aufeinander aufsaßen und so durch die Schlitze etwas Licht durchdringen konnte. Nach ihrem regulären, knappen Frühstück begann sie die gesammelten Tabletten in einem Mörser zu zerreiben. Das so gewonnene Pulver leerte sie in ein großes Glas mit Apfelsaft; trotz kräftigen Rührens lösten sich die gröberen Teilchen nicht in der Suspension, sondern sanken zu Boden. Sie kostete den Trank – er schmeckte entsetzlich bitter.

Astrid zog eine weiße Bluse und eine schwarze Hose an.

Sie sah sich gelöst auf der Couch liegen, völlig entspannt und mit einem leichten Lächeln. Astrid dachte, jeder der sie so fände, würde ergriffen sein. The big sleep! Her big sleep!

Sie holte sich eine Flasche Chardonnay und wollte abwechselnd einen Schluck Wein und einen Schluck von ihrem Trank nehmen. Sie rückte ihren Sessel neben das Tischchen und schaltete ihr Fernsehgerät ein. Astrid reduzierte die Lautstärke und suchte nach einem passenden Programm. Tiersendungen mochte sie sehr. Bei PHÖNIX fand sie eine Reportage über die Serengeti. Nach ein paar Bildern wusste sie, dass sie diesen Film mindestens schon zweimal gesehen hatte, aber das war ihr gerade recht. Jetzt keinesfalls etwas Beunruhigendes.

Mit jedem weiteren Schluck von ihrem Trank stieg ihr Widerwille. Sie zwang sich weiterzumachen. Als sie das Glas fast geleert hatte, verspürte sie einen heftigen Brechreiz. Sie hielt ganz still, atmete tief und hoffte dabei, sich nicht übergeben zu müssen. Vorsichtig bewegte sie sich zum WC. Doch nichts geschah. Sie leerte ihre Blase und kehrte genauso vorsichtig zurück. Nach einer Pause trank sie weiter Wein, um diesen ekligen Geschmack zu überdecken. Sie begann zu schwitzen und gleichzeitig wurde ihr schwindlig.

Bleierne Müdigkeit legte sich wie eine Decke über sie. Sie setzte sich auf die Couch und kippte zur Seite. Mit Mühe streckte sie sich aus und drehte sich auf den Rücken. Verwundert ertastete Astrid ihren rasenden Puls und dann verlor sie ihr Bewusstsein.

Astrid sah Mohrle auf sich zukommen. Mit einem Satz sprang ihr schwarzer Kater auf sie und begann ihre Hände abzulecken. Sie war gerührt: ihr Mohrle war nach so vielen Jahren zurückgekehrt. Der Einzige, der zu ihr hielt. Sie wollte ihn streicheln, aber ihre Hände versagten ihren Dienst. Früher hatte Sie immer großen Respekt vor diesem Tier, das sich gegen seinen Willen zu nichts verführen oder zwingen ließ. Sie fühlte sich ihm verwandt. Jetzt verspürte sie eine tiefe Zuneigung zu ihm. Dann verschwammen seine Konturen, der Kater löste sich in Nichts auf.

Astrid hörte Stimmen und blinzelte in grelles Licht. Jemand fasste ihre Hand, sie erschrak und öffnete die Augen. Neben ihr stand Mauritz, ihr jüngerer Sohn. »Bin ich tot?«, flüsterte sie. »Nein, – Gott sei Dank nicht!«, antwortete er. »Du bist im Krankenhaus. Deine Nachbarn haben durch die nicht ganz geschlossenen Rollos bemerkt, dass dein Fernseher lief, haben dich so gefunden und den Notarzt gerufen. Aber es war knapp!...«

Astrid räusperte sich mehrfach und fragte stockend: »Und jetzt?«

Dann drehte sie ihren Kopf zur Wand, um ihre Tränen zu verbergen.

(2017)

Alle meine Schnäppchen

06.20 Uhr. Endlich klapperte der Briefkastendeckel: jetzt war die Zeitung da! Gerda – sie war schon lange wach – stand auf, legte den Morgenmantel um und holte sich die Zeitung. Sie schaltete den bereits gefüllten Wasserkocher an und schlug die Zeitung auf. Montag Morgen: Schnäppchenzeit! Da kommen stets die ganzseitigen Anzeigen mit den günstigen Angeboten von LIDL und ALDI. Auch NORMA- und PENNY-Markt inserieren, allerdings mit kleineren Anzeigen. Gerda hatte am Küchentisch Platz genommen, ein dicker Filzstift zum Markieren von interessanten Angeboten lag bereit und neben ihr stand die Tasse mit dem dampfend heißen Pulverkaffee.

Gerda überflog diese Anzeigen. Die Angebote, die sie grundsätzlich interessierten, kennzeichnete sie mit einem Kringel. Ausschlaggebend dabei war für sie die Vorstellung, um wie viel günstiger diese Waren im Vergleich zum normalen Ladenverkauf angeboten wurden. Und auf diesem Gebiet fühlte sie sich fit, verbrachte sie doch einen Großteil ihrer Zeit mit dem Studium von Angeboten. Auch ihre Spaziergänge führten sie an den Schaufenstern vorbei und durch die Kaufhäuser. Es gab für sie keine größere Genugtuung, als die regulären Angebote links liegen zu lassen und dafür ein Schnäppchen ausfindig zu machen und dies zu erstehen. Die Gewissheit, dass diese Preisdifferenz dann ihr persönlicher Gewinn war, machte sie sehr zufrieden.

Der mögliche Nutzen, den die Waren für sie bringen könnten, war im Lauf der Zeit für sie in den Hintergrund getreten. Auch die Vorstellung, so erworbene Teile zu verschenken, zum Beispiel an ihre weit entfernt lebenden Kinder, spielte keine Rolle mehr, – zu oft hatte sie erfahren müssen, dass diese ihre Geschenke keine Begeisterungsstürme auslösten. Allerdings achtete Gerda auch auf die Preise: bei allem Jagdfieber verlor sie doch den finanziellen Rahmen nicht aus den Augen, den ihr ihre Rente vorgab.

Beim zweiten Durchgang sonderte sie all die Teile aus, die ihr doch nicht so wichtig waren. Sie strich dann die entsprechenden Markierungen durch. Andere Waren dagegen, die ihr weiter interessant erschienen, erhielten einen zweiten Kringel. Gelegentlich kam es so zu vier Auswahlrunden. Ihr Favorit diesmal war eine bei LIDL angebotene Designer-Personenwaage, Tragkraft bis 100 kg, Digitalanzeige in 100-Gramm-Schritten, Trittplatte aus Glas, inkl. Batterien und zweijähriger Herstellergarantie zu nur Euro 12,99.

Gerda riss diese Seite aus der Zeitung und legte sie zufrieden ab. Nun erst konnte sie sich dem Rest ihrer Zeitung widmen: den maßlosen Prämien, die sich Manager selbst gewährten, den Korruptionsfällen bei Politikern, den Unfällen oder Katastrophen, wie dem fernen Krieg im Irak und dann vor allem dem Lokalteil. Gerda goss sich eine zweite Tasse Kaffee auf und strich sich die Brötchen vom Vortag, die sie aufgebacken hatte. Sie hatte ja noch richtig viel Zeit, da ihre LIDL-Filiale nicht weit entfernt war und erst um 08.00 Uhr öffnen würde. Nachdem sie sich angekleidet hatte, ging sie in das ehemalige Kinderzimmer.

Dort im Schrank, den sie selbst ihre Schatztruhe nannte, waren all die Schnäppchen aufbewahrt, die sie im Lauf der Zeit so günstig erworben hatte. Mit Wohlgefallen betrachtete sie immer wieder ihre Schätze. In solchen Momenten bedauerte sie, mit niemanden diese Freude teilen zu können. Beim Betrachten fielen ihr dann auch jeweils die technischen Daten zu diesen Waren ein, die Umstände, unter denen sie diese erworben und was sie beim Schnäppchenkauf so eingespart hatte.

Heute störte sie sich an der Unordnung im Schrank und sie beschloss nach ihrer Rückkehr hier aufzuräumen. Kategorien wie Haushalts- oder Sanitärartikel, Bekleidungssachen und sonstige elektrische Kleingeräte fielen ihr vorab schon ein. Die Vorstellung, dann am Vormittag ihre Schätze zu sortieren, erfüllte sie mit Vorfreude.

Kurz vor 08.00 Uhr stand Gerda mit der ausgerissenen Zeitungsseite vor der LIDL-Niederlassung; etwa 15 Personen warteten schon vor ihr. Es wurde geöffnet, die Leute strömten in das Geschäft und verteilten sich zwischen den Regalen, wo sie ihre Einkaufsziele deponiert wussten.

Gerda ließ sich Zeit, legte ein paar Sachen für den täglichen Bedarf in ihren Einkaufswagen und steuerte dann erst das Regal mit der Aktionsware an. Sie war überrascht in dem großen Drahtkorb nur noch ein Exemplar dieser Waage vorzufinden. Jetzt, am Ziel ihrer heutigen Einkaufsaktion, war sie auf einmal unschlüssig: wollte sie die Waage überhaupt oder könnte sie diese vielleicht doch an eines ihre Kinder verschenken? Da griff ein anderer Kunde kurzentschlossen in den Korb, schnappte sich die Waage und legte sie in seinen Wagen. »Halt« schrie Gerda auf, »das ist meine Waage, die habe ich mir ausgesucht!

Geben sie das Teil sofort her, sonst rufe ich den Geschäftsführer!« Ihr Gegenüber war von dieser heftigen Reaktion sichtlich überrascht, murmelte »Ja, wenn Sie sich nicht entscheiden können!« und übergab schulterzuckend die Waage an Gerda.

Gerda betrat mit der Waage in der Hand das ehemalige Kinderzimmer und öffnete den Schrank. Da fiel ihr Blick auf den beigen Rollkragenpulli von der TCHIBO-Aktion »Dicke Prozente – Einzelteile stark reduziert«. Sie erinnerte sich: 45% Kaschmiranteil und das für nur Euro 35,-. Sie legte die Waage ab und zog diesen Pulli heraus. Darunter kam eine andere Waage zum Vorschein, die sie ganz vergessen hatte. Sie strich sich mit dem Ärmel des Rollkragenpullis über ihr Gesicht und drückte dann den ganzen weichen warmen Pulli an sich. Sie spürte einen Kloß im Hals und Tränen stiegen ihr in die Augen.

(2004)

Die Suche des Friedemann Görlitz

Es klingelte an der Haustür, doch Friedemann bewegte sich nicht. Es klingelte erneut und seine Hoffnung schwand, dass der Besucher aufgeben würde. Friedemann ahnte wer vor der Türe stand. Und als der Besucher Sturm klingelte, wusste er es: es war Kurt Meissner, der Vorsitzende des Vereins »Rettet unsere Altstadt«. Mit einem Seufzen erhob sich Friedemann und öffnete.

»Guten Tag, Herr Görlitz. Sie wissen, warum ich da bin?«

Meissners Blick schweifte über die Bücher- und Zeitungsstapel, die im Flur lagen.

»Ebenfalls einen guten Tag, Herr Meissner. Natürlich weiß ich es: sie wollen meinen Beitrag zum Jahresbericht des Vereins abholen. Aber ich kann ihn Ihnen noch nicht geben. Ein paar Recherchen zu den Quellenangaben stehen noch aus, und wenn ich etwas mache, das wissen Sie selbst, will ich es genau machen. Über unser »Stächlin-Haus« gibt das Archiv hier nur wenig her, und so musste ich in Karlsruhe im Landesarchiv anfragen. Von dort steht die Antwort noch aus!«

Meissner sah Friedemann ungläubig an: »Die Druckerei sitzt mir im Nacken und will die ersten Probeabzüge machen. Alle Beiträge sind da – nur Ihrer nicht. Und jedes Mal haben Sie mir eine neue Ausrede. Noch bis diesen Freitag; allerletzter Termin! Also noch 5 Tage, haben Sie das auch wirklich verstanden?«

Friedemann nickte. Meissner zog sich brummelnd

zurück, Friedemann schloss die Haustür und war erleichtert darüber, dass ihm das Lügen so leicht gefallen war und er Meissner wieder abwimmeln konnte.

Für ihn wurde die Lage immer prekärer: er hatte mit dieser Arbeit, die er sich bei der letzten Versammlung des Verein aufdrängen ließ, überhaupt noch nicht begonnen. Nicht dass dies für ihn eine schwierige Aufgabe gewesen wäre, er konnte sich nur dazu nicht aufraffen. Es kostete ihm zunehmend mehr Anstrengung, überhaupt etwas zu tun: warum hatte er nur zugesagt, über dieses alte Fachwerkhaus, das in früheren Zeiten die Vogtei beherbergte, zu schreiben. Zehn Seiten sollte sein Beitrag umfassen. Zehn Seiten – Friedemann stöhnte auf und schalt sich einen Blödian.

Noch war er als ehemaliger Stadtarchivar ein gefragter Fachmann; aber er hatte das Gefühl jeden Rest von Reputation zu verspielen. Zwei Jahre war er jetzt im Ruhestand. Auch als er noch berufstätig war, war er ein eher stiller Mensch. Früher kokettierte er mit dem Gedanken, die Melancholie habe Besitz von ihm ergriffen. Heute wusste er, dass es viel schlimmer war, das Nichts war im Begriffe, ihn völlig zu vereinnahmen. Das Nichts: ohne Bedürfnisse, ohne Freude, ohne Schmerzen, aber gelegentlich mit eigenartigen Visionen und Stimmen. Mehr noch als ihn diese erschreckten, zogen sie Friedemann doch magisch an.

Die fällige Abhandlung über das »Stächlin-Haus« verdrängte er und es zog ihn zu dem Platz, wo er diese Visionen schon erlebt hatte. Er nahm sich einen Stuhl vom Esstisch und trug ihn an das Wohnzimmerfenster, das in den Garten hinaus führte. Er schob die vertrockneten Pflanzen in ihren Töpfen zur Seite, um möglichst nahe an der Scheibe sitzen und auf oder besser, in seinen Baum schauen zu können. Aber es ging ihm nicht darum, die wenigen Singvögel zu beobachten, die sich auf diese Eibe verirrten. Es ging ihm nur um den Baum.

Friedemann drehte die Stuhllehne zum Fenster, setzte sich rittlings auf den Stuhl und legte die Arme so auf die Lehne, dass seine Hände dahinter nach unten hingen.
Er seufzte und suchte das Astwerk nach irgend einem markanten Punkt ab, um dort seinen Blick festzumachen. Vergeblich – er glitt immer wieder ab, die Eibe bot ihm keinen Punkt zum Fixieren. Die einzelnen Zweige verschwammen und zuletzt nahm er nur noch deren intensive schwarz-grüne Färbung wahr. Nun geriet die farbige Fläche in Bewegung: zuerst dehnte sie sich aus und zog sich wieder zusammen. Dann begann sich das Zentrum des Farbfeldes zu drehen, immer mehr der Fläche schloss sich der Drehbewegung an und immer schneller drehte sich alles zu einem dunklen Strudel zusammen. Dieser Strudel übte einen Sog aus, den Friedemann sogar durch das Fenster spürte. Angst überkam ihn und er hielt sich derart mit beiden Händen an der Stuhllehne fest, dass diese vom Pressen ganz blutleer wurden. Gleichzeitig war er gebannt von dieser Erscheinung. Da nahm Friedemann wieder die ihm bekannte Stimme wahr, zuerst leise raunend: »Ich will knicken das schwankende Rohr, ich will löschen den glimmenden Docht«, dann laut und hohnlachend: »Ihr, die ihr mühselig und beladen seid, kommt zu mir, ich werde euch zernichten«. Das letzte Wort echote in ihm: »zernichten, ZERNICHTEN« und mit jeder Wiederholung sackte er ein Stückchen weiter zusammen, den Kopf jetzt fast

auf der Stuhllehne und seine Arme hingen nun wie leblos neben seinem Oberkörper.

Nur langsam wich die Starre von ihm. Er wünschte sich, diese schrecklich-faszinierenden Erscheinungen hervorrufen zu können, wann immer er wollte.

Früher hatte er gelegentlich Freunde und Bekannte zu sich eingeladen, hatte sie vorzüglich bekocht und wurde ob seiner Kochkünste mit Lob überhäuft. An solchen Abenden war er witzig und lachte viel; ihm war, als hätte er sich da die Fröhlichkeit und den Witz geborgt und müsste sie in der Folge dann mit viel Niedergeschlagenheit büßen.

Schon lange gab er keine Einladungen mehr und Besuch ließ sich auch nicht mehr blicken. Sogar der Briefträger oder der Stromableser, eigentlich eher unbedarfte Leute, hatten ein eigentümliches Gefühl, wenn sie in Friedemanns Wohnung kamen. Die losen Bücher- und Zeitungsstapel im Flur ließen ein noch größeres Chaos in der Wohnung vermuten.

Auch in Wohnzimmer und Küche wurden die Zeitungsstapel immer höher. Er konnte sich nicht aufraffen, die Zeitung abzubestellen. Lustlos blättere er diese am Vormittag durch und registrierte nur noch wenig Meldungen. Wichtig erschienen ihm Hinweise wie: »Polizist geleitet Entenmutter mit sieben Küken über die Kreuzung« oder »Feuerwehr rettet Kätzchen aus der Dachrinne eines Hochhauses«. Solche Artikel schnitt er aus und klebte sie an den Spiegel in der Toilette.

Mittags erwärmte er sich eine Dose Bohnen oder Mais; manchmal gab es auch Ravioli: je nachdem was ihm bei seinen wenigen und hastigen Einkäufen unter die Hände geriet. Wie hasste er doch diese notwendigen Gänge zum Supermarkt.

Seit Jahren schlief Friedemann nachts schlecht: er wachte häufig auf, um sich von einer Seite zur anderen zu wälzen. Er konnte sich aber trotzdem nicht aufraffen, aufzustehen, etwa um zu lesen. Denn im Bett war es wenigstens warm.

Entsprechend abgeschlagen war er dann tagsüber, seine beste Schlafenszeit war über die Mittagszeit, aber damit konnte er sein Schlafdefizit nicht ausgleichen. Er fühlte sich dauernd schlapp und musste sich zu jeder Aktivität richtiggehend vergewaltigen. Am liebsten hing er herum, las da zwei Seiten und dann in jenem Buch wieder eine Seite. Mindestens zehn Bücher hatte er so in »Bearbeitung« und kam nicht wirklich weiter. Oft hatte er den Zusammenhang vergessen und musste dann wieder weiter vorne anfangen zu lesen.

Wenn ihn die Lust dazu verließ, begann er wieder seine Bücher neu zu sortieren. Früher waren sie einmal nach Sachgebieten oder Verfassern eingestellt. Dann ging er über, sie nach Erscheinungsjahr, Format oder der Farbe des Einbands abzulegen. Diesmal bestimmte er mit seiner Küchenwaage das Gewicht der Bücher und bildete so Gewichtsklassen.

Immer wieder zog es ihn an das Fenster bei der Eibe. Da aber seine Visionen nicht wie auf Bestellung kamen, sann Friedemann auf Abhilfe. Er erinnerte sich an ein Buch von Carlos Castaneda. Wenn er doch auch diese Kakteen mit Namen »Peyote« oder »peyotl« kaufen könnte, die die Indianer Mexikos zu bestimmten Anlässen unter Anleitung eines Schamanen einnehmen und so Visionen hervorrufen.

Nachdem er das nächste Mal bei Einkaufen gewesen war, machte er einen Umweg zum »L'Orient«. Bei diesem herunter gekommenen Lokal hatte er Wasserpfeifen im Schaufenster gesehen; er war sich sicher, dass in dem Schuppen auch mit Drogen gehandelt werde. Es war ihm bewusst, wie schwierig es gerade für jemand wie ihn werden würde, mit einem Dealer in Kontakt zu treten. Sie würden ihn für einen polizeilichen »Schnüffler« halten. Er war erstaunt, kurz vor Mittag die Tür und Fenster vom »L'Orient« offen zu finden. Er trat ein: offensichtlich wurde aufgeräumt und gelüftet. Da er niemanden sah, rief er. Hinter dem Tresen tauchte ein junger dünner Mann mit Rastalocken auf. Er trug ein weißes, ziemlich verschmutztes T-Shirt, auf dem ein Hanfblatt abgebildet war Er kam hinter dem Tresen hervor und da konnte Friedemann erkennen, dass seine Jeans über beiden Knien eingerissen war. Er schien über Friedmanns Anwesenheit sehr verdutzt zu sein.

»Hi, Alter« begrüßt er ihn nach einer Weile misstrauisch.

Friedemann räusperte sich zweimal, ehe ihm ein leises »Hallo« über die Lippen kam.

»Was gibt's? Waren wir gestern Abend zu laut?«

»Nein« wehrte Friedemann ab. Er musste sich überwinden, aber dann brachte er es heraus: »Ich suche so einen Kaktus, Peyote heißt er, und ich dachte Sie hier könnten mir dabei behilflich sein«.

»Aha«, meinte der junge Mann. »Peyote gibts, der Wirkstoff heißt Mescalin und die Trips sind wie die mit LSD«.

»Gorgo, sag' mal, spinnst Du« giftete da eine Stimme aus dem Hintergrund. Eine junge stämmige Frau, mit leuchtend gelber Igelfrisur, war aus der Küche getreten, und trocknete ihre Hände ab.

»Der ist doch von der Bullerei, merkst Du es nicht. Du bringst Dich mit Deinem lockeren Gerede in den Knast!«

»Schau ihn Dir doch an, Jani – solch traurige Gestalten wie ihn wollen sie nicht mal bei der letzten Polizeireserve. Und im übrigen haben wir ja nur in der Theorie über Drogen gesprochen!« Er wandte sich wieder Friedemann zu.

»Hi, Alter, Peyote ist hier total selten und darum fast unbezahlbar. Warum säufst Du Dir nicht einfach die Hucke voll, wenn Du einen Rausch willst oder lässt Dir ersatzweise von Deinen Enkeln ein paar Extasy-Pillen besorgen? Die sind einfach zu haben und viel billiger!«

»Aber hier gibt's – bis auf Bier und Cola – nichts von alledem!« warf die junge Frau böse ein.

Friedemann blieb noch eine Weile mit gesenktem Kopf stehen und wandte sich dann zum Gehen um. Er hatte fast den Ausgang erreicht, als ihn der junge Mann erneut ansprach.

»Bist wohl ein Castaneda-Fan und hast vom Zauberer Don Juan Matus gelesen!« Und nach einer Pause fuhr er fort: »Den Kaktus gibt es hier nicht, nur ›Mescal-Buttons‹, gleicher Wirkstoff, aber wie gesagt, sau-teuer. Ein paar Tausi sind bei solch exotischem Zeug gleich fällig, – hab' ich mir sagen lassen. Ich will mich mal rumhören. Lass' Deine Telefonnummer da – vielleicht kann ich Dir ja mal einen Tipp geben!«

Friedemann schrieb seine Telefonnummer und seinen Namen auf den Zettel eines Blöckchens, wie ihn Kellnerinnen für Bestellungen und Rechnungen verwenden.

Kaum zuhause angekommen, klingelte das Telefon. Friedemann hatte Angst, es könnte wieder Meissner sein. Doch dann überwand er sich, nahm ab und meldete sich. Er hörte die Stimme jenes ›Gorgo‹, der sich so vergewissern wollte, dass seine Angaben zuträfen.

Die nächsten Tage verbrachte Friedemann voller

Unruhe: nicht einmal das Umsortieren seiner Bücher lenkte ihn ab. Tatsächlich wurde Friedemann abends vom »L'Orient« aus angerufen, er hörte Stimmen und Gelächter vom Lokal. Diesmal war ›Jani‹, die junge Frau am Telefon. Sehr sachlich erklärte sie, dass ein Kurier morgen Abend gegen 22.00 Uhr mit den »Mescal-Buttons« vorbei käme. Er solle auch um diese Zeit kommen, auf jeden Fall alleine und € 2.000,- mitbringen, dann hätte er genug Stoff für viele heftige Eindrücke. Friedemann horchte weiter in den Hörer, als sie schon lange aufgelegt hatte.

Am nächsten Morgen suchte er seine Bankfiliale auf, um die € 2.000,- abzuheben. Da er seine wenigen Überweisungen stets in den Briefkasten warf, ohne die Bank zu betreten, waren die Bediensteten völlig überrascht, ihn nach so langer Zeit persönlich zu sehen. Sie wollten mit ihm plaudern, doch er wich aus. Allerdings sagte er, das Geld sei für einen Gelegenheitskauf, den er sich nicht entgehen lassen wolle.

Das Warten war fürchterlich. Endlich konnte er sich auf den Weg zum »L'Orient« machen. Das Geld steckte er in die linke Innentasche seines Jacketts. Obwohl er sich zu besonders kleinen Schritten zwang, kam er 20 Minuten zu früh an. ›Gorgo‹ stand am Tresen und füllte Bierflaschen in das Kühlfach ein.

»Noch zu früh« raunzte er ihn an und wies in an einen freien Tisch an der Ecke. Nach einem ersten Mustern durch die durchweg jungen Gäste nahm niemand mehr Notiz von ihm; sie glaubten wohl, er habe sich hierher verirrt und wolle den Heimweg noch mit einem Bierchen verlängern. ›Gorgo‹ verschwand eine Zeitlang in der Küche. Dann kam er auf ihn zu und meinte, der Kurier sei jetzt da und würde in der Damentoilette im Untergeschoss auf ihn warten. Friedemann wunderte sich: zum einen hatte er niemand hereinkommen sehen und zu anderen, warum gerade in der Damentoilette? Er sah ›Gorgo‹ fragend an, doch der machte nur eine Kopfbewegung Richtung Treppe zum Untergeschoss. Friedemann stieg das schwarzgestrichene und spärlich beleuchtete Treppenhaus hinunter. Die Tür zum Männerklo stand offen, es stank intensiv nach Urin und er hörte einen Wasserhahn tropfen. Er wandte sich der anderen Tür zu und öffnete. Es war dunkel, doch er trat ein. Eine Feder ließ die Tür zuschwingen. Er tastete im Lichte, das durch den verbliebenen Türspalt kam, nach dem Lichtschalter. Aber das Licht funktionierte nicht. Da packte ihn jemand und riss ihn in die Mitte des Raums. Mehr verdutzt als in Panik drehte er sich um. Er sah, wie ›Jani‹ mit einem Metallrohr ausholte. Gleich darauf wurde er mit voller Wucht am Kopf getroffen. Er spürte noch seine Kopfhaut platzen, sank mit einem Ächzen in die Knie und fiel dann gestreckterlängs um.

Verschwommen tauchten Bilder auf. Friedemann konnte das Haus seiner Eltern erkennen, dann seine Grundschule und sein Gymnasium. Dann sah er das »Stächlinsche Haus« vor sich, plötzlich ganz scharf. Er beobachtete sich, wie er die einzelnen Punkte der aufwändigen Renovierung durchging, sich genaue Notizen machte und sie zu einer Gliederung formte. Aus der Gliederung wuchs sein Bericht. Heiter erlebte sich Friedemann und war voller Freude darüber, dass er wieder so intensiv schreiben konnte. Er sah sich schon, wie er seine Arbeit pünktlich zum Termin ablieferte und für sie viel Anerkennung erntete.

(2006)

»Sie haben Recht,
– ja, Sie haben Recht!«

Anton Brammert war auf dem Nachhauseweg und richtig froh gestimmt.

Hatte er es doch auch diesem Architekten gezeigt, diesem Klugscheißer. Er als Bautechniker! Wollte doch dieser Architekt ihm den Bebauungsplan erläutern und sein Baugesuch durchdrücken. Wie hatte er doch gesagt: die Mängel seien nur marginal, ja, marginal hatte er gesagt. ›Marginal‹ muss wohl das Studierten-Wort für geringfügig sein. Aber nicht mit ihm, so nicht! Da hatte er doch zuerst ganz cool auf seine Befugnisse als Amtsinspektor im Baurechtsamt verwiesen und dann betont freundlich erklärt, für ihn sei auch ein mit marginalen Mängeln behaftetes Baugesuch mangelhaft und deswegen nicht genehmigungsfähig. Er könne ja nachbessern und das Gesuch wieder einreichen. Er hatte es richtig genossen, als der Architekt wütend die Pläne zusammenraffte, wortlos sein Dienstzimmer verließ und die Türe zuknallte. Das mit der Türe wollte er sich merken und entsprechend vorbringen, wenn dieser Mensch wieder kam.

Anton holte die Pizza aus dem Backrohr, – eine Original Wagner Steinofenpizza »Al Funghi« würde er sich gönnen. Sonst trieb er mit seinem Abendessen noch weniger Aufwand: oft nahm er sich Fleischkäswecken mit oder verdrückte auf dem Heimweg am Imbissstand noch zwei Currywürste oder einen Döner.

Das Bier war schon im Glas, weitere Flaschen in Reichweite und der Fernseher angeschaltet. In der

Sportschau würde er jetzt eine weitere Etappe der ›Tour de France‹ verfolgen und freute sich darauf. Sportsendungen waren sein Metier und er kannte sich in den verschiedensten Sportarten aus, auf was es ankommt und wie die Regeln sind. Für ihn war es eine Genugtuung, dass sich auch die verschiedensten Sportarten auf den einfachen Nenner zurückführen ließen: »Der Beste gewinnt!« Dass sein Faible für Sportsendungen im krassen Gegensatz zum eigenen Bewegungsmangel stand, störte ihn nicht.

Nie käme er auf die Idee, eine Talkshow anzusehen, grauselig dieses Gesülze. Nur Sendungen mit den salbadernden Politikern fand er noch schlimmer. Bei den vielen Kanälen über seinen Kabelanschluss fand er beim Durchzappen fast immer eine Sportsendung. Manchmal sah er auch Tiersendungen an, – gab es doch auch in der Natur klare Regeln. In Krimis verirrte er sich nur ausnahmsweise. Wenn da ›das Gute‹ siegte, hatte er ein schales Gefühl, eigentlich dürfte für ihn nur ›das Recht‹ siegen.

Anton feuerte Jan Ullrich an, der Lance Armstrong auf den Fersen war. Das Spitzenfeld war dünn und das Gros der Teilnehmer weit auseinander gezogen. »Jan« brüllte er, »Jan – zeig's ihm«. Seit Elisabeth sich hatte von ihm scheiden lassen, ausgezogen aus der gemeinsamen Wohnung war sie schon früher, brauchte er sich hier nicht mehr zu bremsen. Lautstark kommentierte er, was er am Bildschirm mitverfolgte. Er hatte sich auch angewöhnt, mit sich selbst zu reden, vor allem in der Küche.

Fast hätte er beim eigenen Schreien das Klingeln seines Telefons überhört. Missmutig erhob er sich, ging zu dem Schränkchen mit dem Telefon neben der

Tür, griff nach dem Hörer und meldete sich. Da hörte er eine freundliche und feste Stimme sagen: »Sie haben Recht« und nach einer kleinen Pause noch mal: »Ja, Sie haben Recht!« Dann legt die Gegenseite auch schon auf.

Zuerst war Anton verdutzt und dann brach es wütend aus ihm heraus. »Idiot« schrie er in den Hörer, »so ein Idiot«. Ich weiß, dass ich Recht habe, dachte er sich dann, das muss ich mir doch nicht von irgend so einem anonymen Arsch sagen lassen.

Die Lust zum Fernsehen war ihm jetzt vergangen. Verstimmt pendelte er zwischen Zimmertür und Balkontür hin und her und jedes Mal, wenn er an einem Möbelstück vorbei kam, gab er diesem einen Tritt oder Stoß.

Anton war sich sicher, dass ihn niemand mochte. Warum sollte ihm dann jemand ein Lob aussprechen? Je länger er so unterwegs war, desto sicherer wurde er sich auch, dass das, was er zuerst als ungebetene Bestätigung empfand, eine Frage war. Habe ich Recht? Da wuchs der Ärger wieder in ihm. So ein Quatsch! Liebend gerne hätte er diesen lästigen Quatsch beiseite geschoben. Aber die Frage nach dem Rechthaben, diese hundsgemeine Frage, hatte sich richtig gehend in ihm festgefressen.

Du mit Deinen Paragraphen, hatte Elisabeth ihm immer wieder vorgeworfen, du reduzierst die ganze Welt auf ein paar Regeln. Aber das Leben lässt sich nicht auf Deine Regeln reduzieren, das Leben ist mehr!

Nach solchen Ausbrüchen hatte er sich immer wieder über sie lustig gemacht. Er konnte sich erinnern, ihr einmal – im Hinblick auf ihre eigene Arbeitssituation – die Regel »Der Ober sticht den Unter« entgegengehalten zu haben. Dass sie diese Gesetzmäßigkeit nicht entkräften konnte, hatte ihn damals mit großer Genugtuung erfüllt. Seine Regeln machten ihn unangreifbar. Und jetzt sollte er auf einmal nicht mehr Recht haben, schlimmer noch, richtig falsch liegen?

Anton war ganz warm geworden, – er spürte, es waren nicht nur die vier Biere, die er an diesem Abend bislang getrunken hatte. Es war vor allem der Ärger, den er nicht abschütteln konnte. Er trat auf den Balkon in den Nachthimmel hinaus. Von der Brüstung aus blickte er auf den ›Mittleren Ring‹ hinunter. Vom 11. Stock aus betrachtet, war auch der Großstadtverkehr erträglich, sagte er sich immer. Das Dahinfließen, die Autolichter, das Hupen und Bremsenquietschen hatte ihn immer abgelenkt. Heute blieb er unruhig.

Missmutig gestand er sich ein, dass es Sachen gab, die er sich nicht erklären konnte. Wenn bislang solche Fragen in ihm auftauchten, hatte er sie stets schnell weggedrückt. Das funktionierte immer bei ihm, – nur heute nicht.

Da leben die einen in Saus und Braus, können sich alles leisten und haben sich ihren Luxus gar nicht selbst erarbeitet. Und kann »Dem Tüchtigen gehört die Welt!« auch für die stimmen, die mit 50 freigesetzt werden, keinen Job mehr finden, obwohl sie arbeiten wollen und die dann bei der Sozialhilfe landen? (Die Gewissheit, dass er als Beamter davon nicht betroffen sein würde, beruhigte ihn heute nicht). Oder was ist, wenn jemand unbeteiligt und unschuldig durch einen Verkehrsunfall zum Krüppel wird? Und was ist, wenn ein Neugeborenes über die Mutter mit Aids infiziert wird? Oder die vielen Kinder, die in Afrika verhungern?

Immer mehr Fragen kamen in ihm hoch, so als wäre nun eine Schleuse geöffnet. Und auf keine dieser Fragen konnte er eine seiner Regeln zur Erklärung anwenden. Ob es ein System von übergeordneten Regeln gibt, fragte er sich. Solche Regeln, die ihm nicht zugänglich waren, aber die – wenn man sie nur erkennen könnte – allem einen Sinn gäben? Oder steckt hinter allem doch nur ein blind wütender Zufall? Er spürte, dass er sich auf ungewohntes und sehr gefährliches Terrain begeben hatte. Aber wie davon los kommen? Anton ahnte, dass der Panzer, an dem bislang alles Beängstigende abprallte, durchlässig geworden war und ihn nicht mehr schützte. Ihm wurde ganz schwindlig, so dass er sich mit beiden Händen am Balkongeländer festhalten musste.

Ihm war nicht mehr warm, im Gegenteil. Das Atmen fiel im schwer, er hatte einen starken Druck auf der Brust. Er spürte jetzt auch ein eigenartiges Ziehen von der linken Brustseite in den linken Arm hinein. Panik erfasste in: Weg vom Balkon! Weg! Die linke Hand presste er auf seine linke Brustseite, mit der Rechten wischte er sich den Schweiß von der Stirn, kalten Schweiß. Er wankte in das Zimmer zurück, Richtung Telefon. »Durchhalten« sagte er sich laut vor, »jetzt durchhalten!« Und den Notdienst anrufen! Welche Nummer hat doch gleich der Notdienst? Nein, einfach die Polizei anrufen! Es fiel ihm schwer, mit der linken Hand den Hörer zu halten und mit der Rechten die ›Eins-Eins-Null‹ zu wählen. Keuchend und mit langen Pausen gab er Namen und Adresse durch. Der Mann am anderen Ende der Leitung hörte nicht auf zu fragen, aber Anton konnte nicht mehr, er legte auf.

Er versuchte sich am Telefonschränkchen zu halten, vergebens. Im Fallen überlegte er sich noch, wie der Notarzt wohl in seine verschlossene Wohnung käme.

(2003)

Ein Versicherungsfall

Anselm steuerte seinen alten Daimler mit Bedacht. Er wollte durch seine vorsichtige Fahrweise beweisen, dass alte Menschen eben nicht überproportional in Verkehrsunfälle verwickelt sind. (Seine Autohaftpflichtversicherung begründete Prämienerhöhungen stets damit, dass alte Menschen ein besonderes Risiko darstellten).

Dabei war er, Anselm, seit 30 Jahren unfallfrei gefahren, und er fühlte sich weiter fit. Er achtete auf seine Gesundheit, auf sein Äußeres und pflegte sein Auto. Mit dem er höchstens 3000 Kilometer pro Jahr unterwegs war.

Das Angebot des Landratsamts, seinen Führerschein einzutauschen gegen ein halbes Jahr unentgeltliche Fahrt hier mit dem ÖPNV, empfand er als lachhaft. Darauf würde er eingehen, wenn er wirklich alt geworden ist. Aber nur vielleicht!

Als nach einem Jahr erneut eine Prämienerhöhung anstand, platze Anselm der Kragen. Mit Wut im Bauch setzte er sich an seine elektrische Schreibmaschine. Doch statt seiner Empörung Raum zu geben zwang er sich, eine höfliche Anfrage zu formulieren. Man möge doch die Beitragserhöhung nicht nur mit den Standardfloskeln begründen, sondern mit statistischem Material belegen. Und er warf seinen Brief ein.

Er wartete 14 Tage ab, dann rief er bei seiner Versicherung an. Obwohl er seine Mitgliedsnummer parat hatte, wurde er hin- und herverbunden. Letztlich erklärte ihm eine junge Frau, dass keine Anfrage von einem Anselm Winterhoff vorliege. Schnippisch fragte sie ihn dann noch, ob er wirklich den Brief abgeschickt habe. Man wisse ja, dass alte Menschen besonders vergesslich seien. Anselm hatte Mühe, ruhig zu bleiben.

Er schickte nun eine Kopie seines Briefs per Einschreiben an die Versicherung, ergänzt um ein Anschreiben, indem er um Bearbeitung seines Anliegens innerhalb von 14 Tagen bat.

Die Frist verstrich, ohne dass er die gewünschte Antwort bekommen hätte. Anselms Zorn wuchs. Bei seinem Anruf hatte er seine Stimme nur mühsam unter Kontrolle. Wieder ließ er sich verbinden. Endlich hatte er die zuständige Sachbearbeiterin am Apparat. Sie bestätigte ihm zwar den Eingang seiner Anfrage, wies ihn gleichzeitig unwirsch darauf hin, dass sie Wichtigeres zu tun habe, als sich mit solch absonderlichen Anliegen zu beschäftigen. Es sei doch offenkundig, dass die Wahrnehmungsfähigkeit von alten Menschen nachlasse. Anselm hielt dagegen, dass dieses Phänomen von Alten am Steuer durch besonders vorsichtige Fahrweise kompensiert würde. Er ließ sich einen zeitnahen Termin bei ihrem Abteilungsleiter geben...

Am besagten Tage fuhr er mit seinem Auto zum Sitz der Versicherung. Mit Krawatte und Sakko – trotz der Hitze. Endlich wurde er vorgelassen. Ein hemdsärmeliger junger Mann mit gegeelten Igelhaaren, in Jeans und weißen Turnschuhen wies ihn mit einer Handbewegung auf den Besucherstuhl.

»Ah, Sie sind also der Herr Winterhoff. Der Versicherungsquerulant, wie mir berichtet wurde!« Und nach einer Pause: »Warum wechseln Sie nicht einfach die Versicherung? Wir verdienen an Ihnen einfach zu wenig – mit Ihrem gewaltigen Beitragsrabatt. Für über 30 unfallfreie Jahre! Darum müssen wir Sie in eine höhere Risikoklasse hochstufen!«

Der Versicherungsmensch beobachtet die Wirkung seiner Worte.

Anselm Winterhoff erhob sich, würdigte seinen Gegenüber keinen Blicks und verließ grußlos den Raum.

Anselm verspürte Druck- und Enge in der Brust, als er in sein Auto stieg. Er gab viel mehr Gas als sonst. Der Wagen schoss vorwärts. Er nahm einem von rechts kommenden Fahrzeug die Vorfahrt. Es krachte.

(2022)

Die Zeit klebt hier an allen Wänden

Ich nutze einen ausgefallenen Termin an einem frühen Nachmittag für einen Besuch im Pflegeheim.

Ich trete aus dem Lift in den Aufenthaltsraum im ersten Obergeschoß. Sechs Personen sitzen am Tisch vor dem erhöht angebrachten Fernsehgerät. Eine Frau dreht dem laufenden Fernseher den Rücken zu, vier schlafen am Tisch auf ihren Armen und nur eine Frau folgt mit ihren Augen dem Programm. Ich begrüße die Runde und biege links in den Flur ab.

Eine alte Frau kommt mir entgegen: sie stützt sich auf einen Rollator, den sie vor sich herschiebt. Sie kommt so schneckenlangsam voran: ich denke mir, sie braucht ewig, bestimmt aber eine viertel Stunde, um den langen Flur in einer Richtung zu überwinden. Ich nicke ihr zu. Nachdem ich sie passiert habe, drehe ich mich um, um ihr nachzusehen. Diese Langsamkeit beunruhigt mich.

Ich gehe weiter. Auf einem Liegesessel mit hoch geklappten Fußstützen liegt eine Greisin, sicher weit über 90 Jahre alt. Eine zierliche Person mit weißen, kurz geschnittenen Haaren. Sie scheint zu schlafen und ich betrachte sie: ihre rosigen Wangen passen gar nicht zu ihrem schmalen bleichen Gesicht. Fast so als hätte sie Rouge aufgetragen. Da öffnet sie die Augen. Ich fühle mich ertappt und grüße sie verlegen. Sie nickt mir kaum merklich zu und schließt die Augen wieder. Ich gehe weiter.

Der Flur weitet sich und bildet so einen zusätzlichen Aufenthaltsraum. Drei Alte sitzen hier, schweigend. Keiner sieht den anderen an. Das Aquarium mit den bunten exotischen Fischen würdigen sie mit keinem Blick. Zu oft haben sie wohl schon darauf gesehen. Das einzige Geräusch hier ist das sanfte Blubbern der Aquariumspumpe. Zeitungen und alte Illustrierte liegen unbeachtet am Tisch. Mir scheint, hier auf der Station warten alle: viele auf die nächste Mahlzeit, wenige auf einen Besuch und manche auch auf den Tod. Ich spüre, hier klebt die Zeit an allen Wänden.

(2001)

Der Aufsteiger

Viktors Eltern machten sich stets Vorwürfe, in der Erziehung ihres einzigen Kindes versagt zu haben. Aber was genau der Fehler hätte sein können, wussten sie nicht. Dabei hatten sie ihm alles gegeben, was sie nur geben konnten.

Der Neustart hier in der Bundesrepublik war für sie alle sehr schwer gewesen. Ihre Berufe, die sie in der Sowjetunion ausgeübt hatten, waren hier nicht gefragt. So waren sie beide froh, jeweils eine Stelle gefunden zu haben: Olga war Reinigungskraft im Krankenhaus geworden und Waldemar war bei der Müllabfuhr untergekommen. Und da beide sehr fleißig waren, wurden sie in ihren jeweiligen Arbeitsstätten rasch geschätzte Mitarbeiter.

Sie konnten sich mit der Zeit alles leisten, was für sie erstrebenswert war: die Schrankwand, die Polsterecke in Leder, der Fernseher mit Großbildschirm und vor allem die Gefriertruhe, um auch eine Schweinhälfte, die es gelegentlich als Sonderangebot beim NETTO-Großmarkt gab, einfrieren zu können.

Ihr Viktor sollte es einmal besser haben, – er sollte Ingenieur werden. Um ihm das Lernen zu erleichtern, wurde er von allen häuslichen Aufgaben entlastet. Sie hatten ihm einen PC gekauft und – auf Viktors Verlangen hin – auch einen schnellen Internet-Anschluss einrichten lassen. Als Folge stiegen dann die Telefongebühren beträchtlich.

Leider blieben Viktors Leistungen in der Schule enttäuschend. Viktors Eltern gingen stets gemeinsam zu den Elternabenden, obwohl sie sich dabei sehr unwohl fühlten. Viktor sei sehr isoliert, hörten sie da, aber er würde sich auch nicht um Kontakte bemühen. Er würde sich überhaupt nicht anstrengen, – für gar nichts! Er sei schlichtweg faul und träume mit seinen 18 Jahren vor sich hin – von was, wusste seine Klassenlehrerin in der 10. Realschulklasse auch nicht zu sagen.

Dabei fiel Viktor das Lernen nicht schwer, nur interessierte ihn keines seiner Unterrichtsfächer. Er wusste, er würde einmal groß heraus kommen: wie, das wusste er noch nicht. Und im Hinblick auf dieses diffuse Ziel konnte er in keinem Fach einen Nutzen erkennen.

Für die Klassenkameraden war Viktor nicht mal als Mobbingopfer interessant, – sie beachteten ihn einfach nicht. Und Viktor war froh, in Ruhe gelassen zu werden.

Ein einziges Mal war er zu einer Klassenfete gegangen. Als alle schon ziemlich blau waren, sah er, wie ein Mitschüler einem Mädchen an die Brust fasste und sie dies duldete. Dies spornte Viktor an: auch er grapschte nach dem Busen des Mädchens und ihm hatte sie dafür eine mächtige Ohrfeige verpasst. Damit war seine Initiative in Richtung des anderen Geschlechts für lange Zeit beendet und er beschränkte sich darauf, Pornos über das Internet anzusehen.

Nach der Schule eilte er nach Hause, wärmte sich das Essen auf, das seine Mutter am Vorabend schon vorbereitet hatte, aß es rasch und setzte sich an seinen PC.

Seine Interesse an Pornos war inzwischen abgeklungen: es war ja letztlich doch immer das Gleiche. Jetzt empfand er die harten Actionspiele viel spannender: er konnte in die Rolle des Helden schlüpfen und mit seinen Waffen Macht ausüben. Ob er als Samurai mit seinem Schwert den Gegnern reihenweise die Köpfe abschlug oder persönlich als Major Steiner mit Flammenwerfer, MP und Handgranaten den Widerstand der Iwans brach, – so haushoch überlegen wollte er sein.

Das wirkliche Leben um sich herum fand er ernüchternd: die Mutter Putzfrau, der Vater bei der Müllabfuhr. Sie rackerten sich ab, um sich diese Drei-Zimmer-Wohnung leisten zu können und freuten sich auf einen üppigen Schweinebraten am Wochenende. Die privaten Kontakte der Eltern beschränkten sich auf die Treffen in ihrer Kirchengemeinde.

Seit Viktor sich mit einem angesehenen Gemeindemitglied angelegt hatte, brauchte er die Eltern zu diesen Versammlungen nicht mehr begleiten. Dabei hatte er nur darauf verwiesen, dass dessen Verklärung der früheren Heimat nicht mit seinem Streben zusammen passte, hier alles »mitzunehmen«, was die Gesellschaft an sozialen Leistungen bot.

Und er sollte Ingenieur werden! Dazu müsste er nach dem Realschulabschluß noch zwei Jahre auf das Berufskolleg gehen, um die Fachhochschulreife zu erlangen und dann noch vier oder mehr Jahre Studium. Und als Ergebnis würde er über irgend einem läppischen technischen Detail brüten müssen. Nein, das war für ihn keine interessante Perspektive.

Lieber wollte er Bankkaufmann werden: da würde die Ausbildung nur drei Jahre dauern und er hätte von Anfang an mit Geld zu tun. Geld war Macht, das spürte jeder und das wusste jeder. Auch wenn es zu Anfang das Geld der Kunden gewesen wäre: durch irgend einen genialen Coup an der Börse würde er reich werden.

Die Eltern hatten mit großer Enttäuschung ihren Traum vom Sohn als Ingenieur begraben und auf Viktors Berufsziel im Bankfach umgestellt. Aber mit der angestrebten Ausbildungsstelle hatte es weder bei der Sparkasse noch bei der Raiffeisenbank am Ort geklappt. Beim Nachhaken wurde den Eltern bedeutet, Viktor sei wohl besser in einer Verwaltung aufgehoben. Doch leider wollten auch die im Rathaus ihn nicht aufnehmen.

Mit viel Mühe fand Viktors Vater dann für den Sohn eine Lehrstelle als Zerspaner; ein Glaubensbruder seiner Kirchengemeinde führte einen kleinen metallverarbeitenden Betrieb. Die Zusage hatte Viktor ausschließlich den nachhaltigen Bitten der Eltern zu verdanken.

Viktor hasste diesen Job, den er nur als Durchgangsstation betrachtete. Aber er hatte diese Ausbildungsstelle annehmen müssen, – sein Vater hätte ihn sonst zuhause hinausgeworfen. Das erste Mal, soweit er sich zurückerinnern konnte, waren seine Eltern heftig an einander geraten: die Mutter hatte geweint und gefleht, ihm doch noch eine schulische Chance zu geben und der Vater hatte getobt und geschrien. Er würde sich schon lange für seinen nichtsnutzigen Sohn bei den Mitgliedern ihrer Gemeinde schämen. Irgend wann würde es Viktor seinem Vater zurückzahlen, das nahm er sich fest vor.

Die Actionspiele am PC traten in den Hintergrund. Er war auf eine Homepage gestoßen, die ihn faszinierte. Da gab es eine »Gesellschaft zur Förderung von beruflichem und privaten Erfolg«. »Erfolg ist machbar – man muss ihn nur wollen«, war das Motto. Die notwendigen Schritte würden einem viel abverlangen, aber das Ergebnis würde für alle Mühen bei weitem entschädigen. Viktor empfand dies als logisch: je mehr Erfolg, desto mehr Macht. Und das Glück würde einem dann sozusagen als Zugabe – ohne weiteren Aufwand – in den Schoß fallen.

Im Infomaterial, das er sich per e-mail bestellt hatte, waren strahlende Menschen unterschiedlichen Alters dargestellt, die das Schulungssystem dieser Gesellschaft durchlaufen und nun bedeutende Stellen innehatten. Dabei war es offensichtlich gar nicht notwendig, alle Kurse zu belegen. Bereits der kostengünstige Einsteigerkurs aus dem Paket »Basics of Success«, würde einem schon den Blick für das Wesentliche öffnen. Ausschlaggebend für die Zulassung zu diesem Kurssystem war – Gott sei Dank – nicht die Vorbildung und die Zeugnisse, sondern das Bestehen eines Persönlichkeitstests.

In seinen Vorstellungen sah sich Viktor schon die Schulungsstufen durchlaufen, immer erfolgreich werden und dieses kümmerliche Leben, dem er jetzt noch unterworfen war, hinter sich lassen zu können. Nichts mehr würde ihn halten und er würde frei und dann auch glücklich sein.

Auf seinen Wunsch hin war der Termin für seinen Persönlichkeitstest auf einem Samstag Nachmittag gelegt worden. Nicht weit vom Stuttgarter Hauptbahnhof entfernt war in einem älteren Bürogebäude die regionale Niederlassung der Gesellschaft untergebracht. Obwohl außerhalb der üblichen Arbeitszeit, herrschte hier ein reger Betrieb. Die Dame am Empfang hatte ihn sehr freundlich begrüßt und zu einem kleinen Zimmer geleitet, in dem der Test stattfinden würde. Viktor sah sich um: ein Tisch mit zwei

Stühlen an den gegenüberliegenden Seiten, darauf Formulare und Stifte und ein elektrisches Gerät mit zwei Griffen, Kabeln und Skalen. An der rein weiß gestrichenen Wand hing nur die große Fotographie eines Mannes mit Namen John R. Cash, – wie er später erfuhr, der Gründer der Muttergesellschaft in den USA. Sonst gab es noch ein Regal mit vielen Broschüren, – sicherlich Schulungsmaterial, dachte sich Viktor.

Der Test war dann für ihn positiv ausgegangen: eine freundliche, aber sehr sachlich wirkende Frau von etwa 30 Jahren hatte ihm enorme Entwicklungsmöglichkeiten bescheinigt. Diese freizulegen setze allerdings große Anstrengungen voraus. Viktor fühlte sich bestätigt und buchte den Einstiegskurs, der auch nur €100,- kostete.

In der Folge fuhr er häufig nach Stuttgart. Zusammen mit mehreren anderen Neulingen erfuhr er, dass Menschen üblicherweise nur 10% ihres Potenzials nutzen würden, – der berühmte Physiker Einstein habe dies herausgefunden. In den Schulungen der Gesellschaft gehe es darum, den Teilnehmern den Zugang zu ihren bislang brachliegenden Bereichen zu ermöglichen. Eine weitere, wesentliche Voraussetzung für Erfolg sei allerdings auch, sich von Hemmnissen wie z. B. falscher Rücksichtnahme, zu befreien.

Auch wurde der hierarchische Aufbau der Gesellschaft dargestellt und welche Personen hier in der Region »Süd-West« Leitungsfunktionen innehatten. In Andeutungen berichtete der Schulungsleiter auch davon, dass diese Gesellschaft zur Förderung des Erfolgs Bestandteil einer viel größeren, weltweit operierenden Gemeinschaft sei, die ihren Hauptsitz in den USA habe. Da diese Gemeinschaft mit ihrer positiven Botschaft gar nicht anders als expandieren könne, gebe es für einsatzbereite junge Leute viele Aufstiegschancen.

Viktor fühlte, die richtige Wahl getroffen zu haben. Das, was er hier alles erfuhr und erlebte, hob ihn weit über das hinaus, was ihm bislang in seiner Familie oder an seinem Ausbildungsplatz begegnet war.
  Viktors Eltern dagegen blieben unsicher, was sie von den Stuttgartfahrten ihres Sohnes halten sollten: auf der einen Seite waren sie froh, dass ihr Sohn aktiv geworden war, – aber mit dieser Fortbildung konnten sie nichts anfangen. Wenn er hier mehr Engagement gezeigt hätte, wäre er auch hier erfolgreich geworden, meinte der Vater. Aber man ließ ihn gewähren.

Nach mehreren Kursen in Kleingruppen bot man Viktor eine spezielle, auf ihn zugeschnittene Behandlung zur Persönlichkeitsentwicklung an. Viktor fühlte sich geehrt. Um die in der Tat beträchtlichen Kosten zu kompensieren, solle er doch für die Gesellschaft arbeiten. Nachdem er ja von den Zielen der Gesellschaft überzeugt sei, könne er mit anderen Mitgliedern am Schlossplatz Passanten ansprechen und werben.
  In den Einzelsitzungen ging es vornehmlich darum, schädliche Prägungen, die im Laufe des Heranwachsens Bestandteil seiner Persönlichkeit geworden waren aufzuspüren und zu löschen. Diese Prägungen, Viktor spürte es selbst, behinderten noch sein Vorwärtskommen. Bei diesen Sitzungen kam auch das elektrische Gerät zum Einsatz, das er schon bei seinem ersten Besuch in der Gesellschaft gesehen

hatte; damit wurde dem Erfolg der Löschungen nachgespürt. Die Vorstellung, allen anerzogenen Ballast abzuwerfen beflügelten Viktor.

Am Schlossplatz beobachtete Viktor die Fußgänger; sein Instinkt sagte ihm, welches die Unsicheren und Suchenden waren und nur denen überreichte er sein Infomaterial. Wenn diese stehen blieben, verwickelte er sie in ein Gespräch und zeigte ihnen den Weg auf, ihre Probleme zu überwinden und frei und erfolgreich zu werden.

Viktor erkannte unter den Passanten Marga Botusch, die Regionalleiterin der Gesellschaft. Offensichtlich sollte sie den Einsatz der Werber kontrollieren. Als Marga sich entdeckt fühlte, kam sie auf Viktor zu. Sie machte auf ihn einen niedergeschlagenen Eindruck. Er ergriff sofort die Initiative: »Dir geht es nicht gut, oder?«

»Ja, leider, meine Migräne macht mir zu schaffen.«

»Nun, dagegen wirst du dir ja schon Tabletten eingeworfen haben. Also wird dieser Zustand auch bald wieder vorbei sein!«

»Ich befürchte: nein! Das quält mich schon lange. Nachts kann ich nicht schlafen und tagsüber bin ich dann total schlapp!«

»Na, das hört sich ja gar nicht gut an. Melde dich doch krank und kurier' dich aus!«

»Das geht leider nicht. Ich bin mit den Sollzahlen für neue Mitglieder im Rückstand! Trotzdem danke und tschüss!«

»Gute Besserung und tschüss!«

Marga ging weiter und Viktor zog sein Handy heraus; er tippte die Nummer des Regionalleiters ein, die nur bei besonderen Ereignissen gewählt werden durfte.

»Viktor, – was gibt's?«

»Eben war Marga Botusch da, – die ist ja dauerhaft krank und kriegt ihren Job für uns nicht mehr hin.« Und nach einer Pause:

»Ich kann die Bezirksleitung übernehmen! Ich will das künftig machen!«

Auch der Regionalleiter schwieg eine Weile.

»O.K. Viktor, mach' du das ab jetzt! Gib' Marga Bescheid, dass ich das verfügt habe, – sie solle sich bei mir melden!«.

Viktor lauschte dieser Weisung nach, lange noch nach dem die Verbindung beendet war. Er streckte sich und stand hoch aufgerichtet und genoss es, die erste Stufe genommen zu haben. Seinem Vater würde er eine Postkarte schreiben und ihm mitteilen, dass er jetzt einen interessanten Job – nicht bei der Müllabfuhr – in Stuttgart habe und dort wohnen bleibe. Er machte sich auf den Weg zur Zentrale und traf unterwegs einen anderen Werber ihrer Gesellschaft. Ihm übergab Viktor sein restliches Infomaterial: »Ein bisschen mehr Einsatz, – wenn ich bitten darf!«

(2005)

Das Krippenspiel

Was machen denn die Leute da? Ich eilte zu dem kleinen Platz, der nur aus der Wendeplatte am Ende dieser Straße bestand. Gut hundert Menschen unterschiedlichen Alters knieten auf ihm. Sie waren alle auf einen bestimmten Punkt hin ausgerichtet und schienen mir voller andächtiger Erwartung zu sein. Der Gegenstand ihres Interesses war die Nachbildung einer gotischen Kirchenfront. Sie war auf einer etwa acht Meter hohen Wand aufgemalt, die oben giebelartig zulief. Dieses Gebilde hatte man einem der umstehenden Häuser vorgebaut. Vom Portal der dargestellten Kirche war allerdings gar nichts zu sehen und auch der sich darüber wölbende Bogen des Tympanons war nur teilweise abgebildet. Darüber die als Zifferblatt gestaltete Rosette, die in der Mitte Stunden- und Minutenzeiger trug. Über der Rosette ein hohes Spitzbogenfenster. Die primitive Darstellung einer gotischen Kirchenfront konnte – da war ich mir sicher – nicht der einzige Grund für diese Versammlung sein.

Ich musterte die Leute in meiner Umgebung, konnte aber weder in ihren Gesichtern noch an ihrer Kleidung etwas Auffälliges erkennen. Allerdings begegneten sie meinen freundlich neugierigen Blicken mit Ablehnung. Niemand lächelte mir zu. Ich war amüsiert und beunruhigt zugleich. Was bewog all die Leute, wie vor einem Altar zu knien?

Die Zeiger der Rosettenuhr näherten sich der Zwölf, als mich mein Nachbar anzischte: »Hinknien«. Auch hinter mir hörte ich, »Runter jetzt«, und die Frau vor mir drehte sich nach mir um und machte mir mehrfach mit dem nach unten weisenden Zeigefinger ein unmissverständliches Zeichen. Widerwillig kniete auch ich nieder.

Mit dem ersten Zwölf-Uhr-Schlag öffnete sich ruckartig das Spitzbogenfenster über der Rosette und eine Krippe fuhr quietschend heraus. Die Krippe kippte in der Endposition stark nach vorne, worauf ein darin liegendes grob gestaltetes Jesuskind von allen gut zu sehen war. Jetzt hob und senkte dieses Kind roboterhaft die rechte Hand und dabei ertönte ein mit Computerstimme erzeugtes »Gloria in Excelsis Deo«. Darauf klappte die Krippe mitsamt dem Kind zurück in die Waagrechte und verschwand quietschend hinter dem sich wieder schließenden Fenster. Dann – so kam es mir wenigstens vor – eine lange Pause und erneut ein Glockenschlag. Mit jedem Glockenschlag wiederholte sich das Schauspiel mit dem segnenden Kind.

Ich hörte bei jeder dieser mechanischen Segnungen durch das Jesuskind ein verzücktes vielstimmiges »Oooh« und alle bekreuzigten sich, sprachen Stoßgebete. Mein unmittelbarer Nachbar murmelte unaufhörlich etwas, das wie eine Litanei anhörte und sah mich dabei vorwurfsvoll an. Doch mir drängte sich unwillkürlich das Bild einer Kuckucksuhr auf, einer christlichen Kuckucksuhr, und ohne mich dagegen wehren zu können, lachte ich bei diesem Gedanken laut auf.

Das Gemurmel um mich herum verstummte. Ich fühlte alle Blicke auf mich gerichtet. Feindselige Blicke. Ich hatte gelacht. Ich hatte die Ergriffenheit dieser

Frommen durch mein Lachen gestört, mich über sie lustig gemacht. Meine erste Verlegenheit wurde zur Beklemmung, die Beklemmung zu Angst. Ich sprang auf. Mit jetzt hasserfülltem Blick griff mein Nachbar nach meinem Mantel, wollte mich runterziehen, in die Knie zwingen. Ich versuchte, mich los zu reißen. Noch mehr Hände krallten sich an mir fest. Ich schlüpfte aus meinem Mantel und hetzte durch die Reihen der Knieenden, fast wäre ich hingefallen. Wildes Geschrei erfüllte jetzt den Platz. Nur mit knapper Mühe konnte ich den nach mir greifenden Händen entkommen, rannte um mein Leben. Mit dem zwölften Glockenschlag erreichte ich den Ausgang des Platzes und rannte weiter die Straße entlang. Immer weiter. Die Atemnot zwang mich letztlich anzuhalten. Ich blickte zurück: niemand war mir gefolgt. Erleichtert wachte ich auf.

(2009)

Ko-
misch

»Verstehen Sie Spaß?«

Nicht dass Sie meinen, ich würde meine Zeit mit dem Sehen von Unterhaltungssendungen totschlagen. Aber da habe ich mir doch einmal »Verstehen Sie Spaß?« angesehen.

Zum Schluss dieser Sendung meinte eine Teilnehmerin beiläufig, dass es mit dem Spaß bald vorbei wäre; sie habe aus verlässlicher Quelle gehört, dass sich ein großer Meteorit der Erde nähere und, wenn es zur Kollision käme, alles Leben ausgelöscht werden würde. Noch hoffe man, dass dieser Himmelskörper an der Erde vorbei schrammen würde. Ganz knapp – aber allein dieser Beinahezusammenstoß würde immensen Schaden anrichten. Die Mehrheit der Fachleute glaube allerdings, dass die Anziehungskraft der Erde diesen Meteoriten direkt auf uns lenken würde...

Der Redebeitrag der Teilnehmerin ging im Tumult unter.

»Panikmache«, »Gelogen!«, »Ohne jegliche Evidenz«, hörte man, aber auch: »Warum erfährt man dies erst jetzt?« oder »Was tut die Regierung, um uns zu schützen?«

Ich gebe zu, dass ich skeptisch war, mehr als skeptisch.

Jedenfalls war das Thema jetzt öffentlich. Natürlich musste es auch bei Astronomen bekannt gewesen sein. Doch von diesen hörte man nichts, rein gar nichts. Sie seien, so munkelte man, von allen Regierungen durch die Androhung grässlichster Strafen zum Stillschweigen gebracht worden. Dies sei eines der wenigen Male gewesen, in der die in der UN zusammengeschlossenen Staaten an einem Strick gezogen haben. Bei dieser drohenden Intergalaktischen Katastrophe wollte man die Normalität so lange als möglich aufrechterhalten.

Eleonore Wattenfeldt, so hieß die Teilnehmerin der Spaß-Sendung, die das Ungeheuerliche öffentlich gemacht habe, avancierte zur gefragten Interviewpartnerin. Die Quelle ihrer Information dürfe sie nicht benennen. Aber sie wisse einen Ausweg – nicht für alle, aber für Auserwählte.

Andere mögen sich mit Elon Musks Raketentaxis »Space-Trail« auf irgend einem unwirtlichen Himmelskörper absetzen lassen.

Und ganz Verzweifelte könnten ja das Angebot einer Sterbehilfe-Firma nutzen, die den massenhaften Exitus organisieren wolle, natürlich gegen Gebühr. (Schlappe 14.990,- Euros würden diese verlangen. Würdige Entsorgung inbegriffen.) Sie warben mit dem Slogan: »Wer will schon verglühen? – Noch können Sie mit uns sanft entschlafen!« (Und dabei wollten diese FINITO-Leute die Impfzentren nutzen, die von der letzten Pandemie noch vorhanden waren).

Eleonore Wattenfeldt und ihre Getreuen würden auf der Erde bleiben, genauer gesagt unter der Erde, in den Slowenischen Karsthöhlen.

Sie sei Heilerin und Seherin. Schamanin. Sie wolle die Schar ihrer Mitverschworenen vor der nahenden Katastrophe retten. Wer sich berufen fühle, sich ihrem spirituellen Weg anzuschließen, möge sich melden. Und Mitglied ihrer Bewegung: »Gaia. Im-Schoß-der-Erde« werden.

Da die Ausgestaltung dieses unterirdischen Refugiums erhebliche Kosten erfordere, müssten Interessenten über genügend Mittel verfügen. Allein die Vorräte würden Unsummen verschlingen. Aber, das betonte sie immer wieder, es komme auf die innere Einstellung an. Denn die durch sie Geretteten seien dann die Auserwählten, die die NEUE ERDE aufbauen würden.

Nun konnte die Regierung das Thema nicht mehr unter dem Deckel halten. In allen Boulevardzeitungen, den Social-Media-Kanälen und selbst in Wissenschaftssendungen wurde diese kommende Katastrophe behandelt.
In einer vom Fernsehen übertragenen Regierungserklärung ließ Kanzler Söder verlauten, es bestehe nicht der geringste Anlass zu Panik. Die G20-Staaten würden gemeinsam eine Rakete starten, die mit Atombomben gefüllt, den Meteoriten ansteuere. Die Mega-Explosion würde diesen Himmelskörper auf eine andere, für uns ungefährliche Bahn abdrängen...
Und der Sprecher des Ministeriums zur Pflege der Öffentlichen Meinung beschwichtigte bei allen Nachrichtensendungen.

Die Bundespräsidentin Thekla Kraut-Schottenhammel beschwor die Bürgerinnen und Bürger Ruhe zu bewahren. »Alles wird gut«, wiederholte sie mantramäßig bei jedem Auftritt.

Größten Zulauf hatten die überall aus dem Boden schießenden Hedonistenclubs. Mittels psychedelischer Drogen versprachen sie bereits jetzt den Einblick in eine schönere Welt. (Ein Trip war bereits für einen Fuchziger zu haben – die Zehnerkarte für vierhundert Euros). Die Behörden griffen nicht ein.

Nachdem der Einfluss der Kirchen sowieso schon zurückgegangen war, versammelten sich nun die letzten Gläubigen zu Gebetsmarathons. Nur uns Betern kann es gelingen, das drohende Unheil abzuwenden, hieß es.

Keiner der bekanntgewordenen Auswege sprach mich an. Mit meinem Freund Otto diskutierte ich über diese Bedrohung. Ottos Urteil war mir wichtig; er hatte Physik und Chemie unterrichtet und war jeder Spekulation im naturwissenschaftlichen Bereich abhold.
    Sollte dieses Szenario stimmen, wäre jede Flucht zwecklos, meinte Otto.

Dann platzte die Bombe. Ein Mitglied des Chaos-Computer-Clubs hatte zusammen mit investigativen Journalisten von der Süddeutschen Zeitung und dem SPIEGEL aufgedeckt, dass Trumps Presseagentur »True News & Facts« zusammen mit dem russischen Geheimdienst dieses Katastrophenszenario lanciert hatten. Weltweit! Einfach unglaublich.
    Otto öffnete eine Flasche Schampus: »Wir können weitermachen! Wir machen weiter! Prost!«
    »Prost!«, erwiderte ich, »Die ›Querdenker‹ haben dieses eine Mal recht behalten. Gott sei Dank!«

(2021)

Das Gewicht von Engeln

Als Grundschulkind war für mich der Religionsunterricht selbstverständlicher Bestandteil des Schulbesuchs. Engel gehörten dabei untrennbar zu meinem Kinderglauben. In meiner Schülerbibel – so glaube ich mich zu erinnern – gab es viele Bilder mit Engeln. Es waren große, schlanke Wesen und natürlich waren sie mit Flügeln ausgestattet – wie sonst hätten sie auch fliegen können. Ob zum Fliegen dabei ein Flügelschlagen wie bei Vögeln notwendig war, hatte ich mir nie überlegt. Jedenfalls war das Fliegen eine originäre Fähigkeit von Engeln oder anders herum, ein Engel, der nicht fliegen konnte, war eben kein Engel. Aber dieser Fall kam niemals vor. Engel traten in meiner Bibel als Boten auf oder als Beschützer oder als Wächter.

Die Engel waren im Himmel beheimatet, diesem unbestimmbaren Ort, dessen einzige Gewissheit das »Oben« war.

Auch im Himmel gab es Hierarchien. Ich übertrug meine Erfahrung einfach auf den Himmel. Ich hatte meinen Eltern zu gehorchen; unzweifelhaft war dabei mein Vater der »Bestimmer«. Aber auch mein Vater hatte seinen Chef. Und dann gab es den Bürgermeister und über diesem den Landesvater.

Auch die Kirche war ein Musterbeispiel von unten und oben: Ministrant, Kaplan, Pfarrer, Bischof ... bis zum Papst.

In einem Kirchenlied kamen Cherubim und Seraphim vor. Wir wurden darüber aufgeklärt, dass diese ganz bedeutende, wichtige Engel sind, die sich in Gottes Nähe aufhalten dürfen.

Persönliche Schutzengel dagegen, nur einem einzelnen Menschen zugeordnet, konnten nicht bedeutend sein. Wahrscheinlich war deswegen auch ihr Einfluss gering.

Wenn mich damals jemand gefragt hätte, was ein Engel wiegt, wäre ich sehr verunsichert gewesen. Vermutlich hätte ich nach einigem Überlegen gesagt: nichts, ein Engel wiegt nichts.

Engel sehen zwar wie Menschen aus, wie die Bilder in meiner Bibel bewiesen, aber sie waren nicht aus Fleisch und Blut.

Schließlich hätte ich doch noch eine Einschränkung vorgebracht: Erzengel.

Denn die Vorsilbe »Erz« an »Engel« konnte ich nicht loslösen von der Vorstellung von Gewicht.

Eisenerz ist sehr schwer und ein Erzengel musste ungemein schwer sein. Allein das Flammenschwert von Erzengel Michael musste viel gewogen haben. Niemals hätte ein Kilo gereicht, wäre ein Erzengel auf die Waage gestiegen.

Zwar wusste ich auch damals schon, dass die Vorsilbe »Erz-« etwas mit dem Rang zu tun hat. Ein Erzbischof ist eben mehr als ein gewöhnlicher Bischof. (Und »Erz-« im Sinne von »durch und durch« kannte ich noch nicht).

Jedenfalls musste die Koppelung von »Erz-« und Engel dessen Gewichtslosigkeit aufheben.

Im Erwachsenenleben war mein Bezug zu Engeln eher gering. Doch gelegentlich drängte sich eine Verbindung auf.

Gut in Erinnerung habe ich eine Fahrt nach Freiburg über den Thurner. In einer der Kurven kam uns ein Auto mit überhöhter Geschwindigkeit entgegen – es fuhr über dem durchgezogenen Mittelstrich. Ich riss das Steuer nach rechts und bremste scharf. Da zischte der andere Wagen auch schon vorbei. Wenn ich mit meinem Ausweichmanöver auch nur eine Sekunde gezögert hätte – nicht auszudenken. Schweigend fuhren wir weiter. Meine Begleiterin äußerte sich als Erste wieder: »Da hast Du aber einen Schutzengel gehabt! Oder besser, wir beide!«. Ich dachte bei mir: »Oder Glück gehabt!« Aber bei der Abwägung eines glücklichen Zufalls gegen die persönliche Einflussnahme eines Schutzengels ist dieses doch die sympathischere Variante.

Und so gab es in meinem Leben doch eine Reihe von kritischen Situationen, die ich schadlos überstanden hatte.

Wenn ich meiner Freundin eine Arbeit abgenommen hatte, bedankte sie sich mit dem freundlichen Hinweis, ich sei ein Engel.

Selten genug fühle ich mich als Engel – doch manchmal, wenn ich euphorisch bin, mich leicht fühle, dann könnte ich abheben, ja dann...

(2014)

Märchen und Fabeln

Marius und der Kater

Der Kater presste seine linke Vorderpfote auf die Maus. Bei jeder Bewegung seiner Beute fuhr er die Krallen weiter aus. »Aua« schrie die Maus und der Kater grinste.

»Weißt du, wen du gefangen hast?«, fragte ihn die Maus.
Der Kater zog die Augenbrauen hoch: »Nö – Maus ist Maus!«
»Nein! Jedes Wesen hat seine Persönlichkeit! Ich heiße Marius – und du?«

Der Kater war sich unsicher, ob er belustigt sein sollte oder verärgert.
Dann meinte er: »Na gut, Maus Marius. Die Menschen, bei denen ich wohne, nennen mich Nero. Doch was nützt dir das? – Gleich werde ich dich gefressen haben!«

»Also, wenn ich dich so ansehe«, meinte Marius, »schaust du mir nicht wie ein Hungerleider aus. Sehr wohl genährt. ›Fett‹ traue ich mich kaum zu sagen!«

»So ein vorlautes Mäuschen! Wird unverschämt, statt vor dem Tod zu beten! Aber du hast Recht. Hunger habe ich keinen. Ich liefere bei meinen Menschen die Vögel und Mäuse ab, die ich gefangen habe. Und dafür bekomme ich KITTEKAT. Ich sage dir, das schmeckt. Und ist so praktisch – kein Rupfen oder Ausweiden mehr«. Nach einer Pause fuhr er mit kläglicher Stimme fort: »Der Gesundheit zu liebe, soll ich auch Rohkost zu mir nehmen!« Der Kater gab sich einen Ruck: »Deshalb bist du jetzt dran!«

Marius hatte geplant, dem Kater so lange Geschichten zu erzählen – wie in 1001-Nacht – bis dieser eingeschlafen wäre. Doch nun änderte er seine Strategie.
 »Wenn du mich frisst, nimmst du all das zu dir, was ich fresse. Willst du wissen, was das ist?«
 Der Kater nickte.
 »Asseln« – »Bäh«
 »Würmer« – »Pfui Deibel«
 »Fette Engerlinge!« – »Igitt Igitt. Hör' auf!«
 Als der Kater vor Ekel und Entsetzen die Pfoten über dem Kopf zusammenschlug, entwischte Marius.

Zuhause berichtete er Frau und Kindern von seinem schlimmen Erlebnis.
 »Gebt niemals auf!«, beschwor er sie.

(2022)

Chiara und die Amsel

Chiara war erwacht, streckte und dehnte sich, schlug die Bettdecke zurück und setzte sich. So verweilte sie einen Moment; dann trat sie an die Balkontür, zog energisch den Vorhang zurück und begrüßte den neuen Tag: »Guten Morgen, schöne Welt!«

Draußen hatte es leicht geschneit. Nachdem sie die Umgebung betrachtet hatte, musterte sie ihren Balkon. Ihre Sorge galt den restlichen Pflanzen, wie diese wohl mit dem Wintereinbruch zurecht kommen würden?

Da erst bemerkte sie die Amsel, die auf dem Balkongeländer saß und sie, Chiara, ansah. Braunes Gefieder – also ein Weibchen.

Chiara begrüßte den Vogel durch die Scheibe: »Wenn du noch ein Weilchen wartest, bis ich mir etwas angezogen habe, bringe ich dir ein Frühstück!«

Schnell zog sie sich etwas über, eilte in die Küche und holte einige Rosinen. Von früheren Amsel-Besuchen wusste sie, dass bei diesen Rosinen höher im Kurs stehen, als etwa Krümel oder Haferflocken.

Chiara kam zurück; der Vogel saß noch an gleicher Stelle. Vorsichtig öffnete sie die Tür, machte langsam den Schritt auf das Balkontischchen zu und verteilte die Rosinen dort. Kaum hatte sie sich zurückgezogen, hüpfte die Amsel auf diese Futterstelle und pickte eine Rosine nach der anderen auf. Dann flog die Amsel auf das Geländer, drehte sich wieder Chiara zu und sah sie unverwandt an.

»Wie, hat es dir nicht gereicht?« Chiara schüttelte den Kopf: »Ein anderes Mal wieder – Tschüss!«

Die Amsel wurde zur anhänglichen Besucherin auf Chiaras Balkon. Jeden Morgen wartete sie schon auf ihr Frühstück. Wenn Chiara tagsüber auf dem Balkon zu tun hatte, ließ die Amsel nicht lange auf sich warten. Der Vogel wurde so zutraulich, dass er inzwischen seine Ration aus Chiaras Hand pickte.

»Meine liebe Amselin, mit Fug und Recht kann man behaupten, dass wir inzwischen befreundet sind. Also sollst du auch einen Namen bekommen! Wie gefällt dir ›Anna‹? Amsel Anna – das passt doch. Oder richtiger: Anna Amsel! Genau!. Zweimal ›A‹. Übrigens: ich bin die Chiara!«

Die Amsel schüttelte ihr Gefieder, blieb sitzen und blickte Chiara direkt an.

»Heißt das, dass du einverstanden bist? O.k. – mir wäre nämlich ›Amalie‹ oder ›Ariane‹ oder ›Angelika‹ zu lang!« Der Vogel bewegte nun seinen Schnabel, öffnete und schloss ihn, gerade so, als würde er sprechen. Bis auf vielleicht zwanzig Zentimeter näherte sich Chiara ihm. Da vernahm sie ein Wispern und als sie sich weiter konzentrierte, hörte sie: »Hallo, Chiara!«

Obwohl sie erschrak, bewegte sich Chiara nicht. Sie sah Anna erstaunt an und diese hielt ihrem Blick stand. Da, nochmals: »Hallo, Chiara!«

Anna schüttelte erneut ihr Gefieder, bewegte ihre Flügel und flog davon.

Chiara zwickte sich in Wange. Da sie diesen Griff verspürte, wusste sie, dass sie nicht geträumt hatte.

Eine sprechende Amsel – niemand würde ihr das abnehmen und so behielt Chiara das Erlebnis für sich.

Anna Amsel kam häufig vorbei, und wenn Chiara sie entdeckte, zog sie sich warm an und brachte ihr Rosinen auf den Balkon. Dabei entwickelten sich meist kurze Gespräche. So wollte Chiara wissen, wo Anna ihr Nachtquartier habe und erfuhr, dass sie dazu die hohen Bäume in den Ringanlagen nutzen würde. Allerdings müsste sie bei Sturm in dichte Hecken am Eisweiher ausweichen.

Die Gegend um Chiaras Haus sei auch ihr Revier. Sie würde hier nahezu alle Fenster kennen und auch die Bewohner dahinter. Oft würde sie – aus purer Neugier – zusehen, was die Leute so treiben.

Ob Chiara zum Beispiel wüsste, dass ihre übernächste Nachbarin, auf dem gleichen Stockwerk, in knappster roter Unterwäsche tanzen würde – alleine?

Chiara schüttelte den Kopf: »Was – die Frau Scherer, die Betschwester?

Oder dass der Dekan Schlemmer im Pfarrhaus am Münsterplatz, sie, Anna, nicht auf seinem Fensterbrett dulden würde. Kaum habe er sie entdeckt, würde er sie auch schon verscheuchen. »Das ist aber das Gegenteil von franziskanischer Tierliebe!«, brummelte Chiara.

Ein anderes Mal wollte Chiara von Anna wissen, wie es mit ihrem Partner wäre. Anna lachte: »Bei uns endet eine Verbindung, wenn die Küken das Nest verlassen haben und selbstständig geworden sind. Ich bin auch froh darüber. Mein Partner konnte oder kann zwar wunderbar singen – deswegen bin ich auch auf ihn herein gefallen. Aber sonst war er eigentlich zu nichts gut; er hat mich beim Brutgeschäft ziemlich allein gelassen... Ich treffe ihn gelegentlich in den Anlagen, dann piepsen wir uns zu und das war es dann!«

Chiara schmunzelte: »Mein Partner kann zwar nicht gut singen, aber er ist hilfsbereit. Und um Nachwuchs müssen wir uns schon lange nicht mehr kümmern!«

Einmal fragte Anna, ob ihr, Chiara, auch schon die junge Bettlerin aufgefallen ist, die an Markttagen am Zugang zum Münsterplatz sitzt. Mit der stimme etwas nicht. Eine ›echte‹ Bettlerin sieht viel heruntergekommener aus. »Du bist doch Detektivin! Miss Marple ans Werk!«
In der Tat hatte Chiara die junge Frau auch schon bemerkt und wollte jetzt- neugierig wie sie war – das Geheimnis lüften... »Nun, was hat es mit der Bettlerin auf sich?«, wollte Anna das nächste Mal wissen.
»Das ist gar keine Bettlerin«, berichtete Chiara. »Das ist eine Studentin der Sozialwissenschaften, die herausbringen will, wie Passanten auf jemand reagieren, der proper angezogen ist und trotzdem bettelt.«
»Wow, das war ja ein langer Satz – ich habe gar nicht alles verstanden. Was ist ›Sozialwissenschaft‹ bitteschön?«
Chiara erklärte, so gut es ging. Und fügte hinzu, dass die ›Bettlerin‹ erst auskunftsbereit war, nachdem sie, Chiara, einen Euro in deren Mütze gelegt hatte.

Als Chiara einmal einen Nachtisch vorbereitete, legte sie dazu Rosinen in Rum ein. Der Nachtisch – wie das ganze Essen – wurde von Chiaras Gästen gelobt. Es blieb ein Rest von diesen so behandelten Rosinen übrig und Chiara beschloss, diesen Leckerbissen Anna zukommen zu lassen. Anna saß schon erwartungsvoll auf dem Balkontischchen, als Chiara diese Besonderheit brachte.

Anna schluckte die erste dieser Rosinen, hielt inne, als wolle sie dem Geschmack nachspüren, sah um sich und fraß dann alle weiteren in einem Zuge auf. Ohne sich zu verabschieden, flog Anna davon.

Als Anna zwei Tage nicht erschien, machte sich Chiara Vorwürfe: »Du hast sie besoffen gemacht! Sie ist abgestürzt, unter ein Auto gekommen, der Falke hat sie als leichte Beute erwischt,...«

Doch dann kam Anna wieder und Chiara fiel ein Stein vom Herzen.

»Was war los?«, fragte sie Anna.

»Das frage ich dich? Was waren das für Rosinen? Die schmeckten fein, aber die Wirkung war fürchterlich. Auch ohne Wind schwankte alles um mich herum. Am Ast musste ich mich ganz fest festkrallen, um nicht abzustürzen!«

Chiara klärte Anna auf und gelobte, nie mehr derart behandelte Rosinen anzubieten...

Und wenn sie nicht gestorben sind, dauert die innige Freundschaft zwischen diesen Beiden bis heute an.

(2020)

Rufus, die Fledermaus

Linus Stängele von der NABU-Gruppe Inzigkofen war für Nistkästen hier im Park zuständig. Im Spätherbst kontrollierte er alle Vogel- und Fledermauskästen, reinigte sie, um sie so wieder bezugsfertig zu machen für die kommende Saison.

Als Linus sich dem Kasten für die ›Hufeisennasen‹ näherte, hörte er ein schwaches Geräusch. Er ging mit seinem Ohr an die Öffnung dieser Fledermausbehausung. Es hörte sich wie feines Zähneklappern an. Vorsichtig öffnete er: da hing doch tatsächlich noch eine Fledermaus und bibberte vor Kälte.

»Was machst du denn noch hier?«, fragte er erstaunt, »Warum bist du nicht wie die anderen in eure Höhle zum Winterschlaf?«
 Die Fledermaus sah ihn von unten an.
 »Also ehrlich gesagt, ich habe den Exodus der anderen verpennt. Und nun traue ich mich nicht in die Kälte raus. Ich befürchte, meine Flügel würden vereisen und ich würde abstürzen. Übrigens, ich heiße Rufus!«
 Und nach einer Pause: »Wie wäre es, wenn du mich zu dir nach Hause mitnimmst?«

Linus fiel die Kinnlade herunter. Er brauchte eine Weile, bis er antwortete: »Also, hier kannst du nicht bleiben. Aber zu mir nach Hause – daraus wird nichts. Meine Frau würde sich mit dir nicht anfreunden. Sie liebt Katzen und in unserem Haus leben drei davon...

Weißt du was – ich bringe dich in die ›Kolbinger Höhle‹ – zu Deinesgleichen!«

»Oh Menno«, maulte Rufus, als er von der behandschuhten Hand gepackt wurde.

(2021)

Veronika und die Marder

Was Veronika da in diesem SPIEGEL-Online-Bericht las, empörte sie: die Steinmarder, die sich unter den Motorhauben der Autos tummeln und Kabel und Schläuche anknabbern, tun dies nicht aus einem Zerstörungsdrang heraus, nein – sondern weil sie spielen wollen. Und so ein Motorraum sei eben ein idealer Abenteuerspielplatz...

Mit hilflosem Zorn reagierte sie – so als müsste man auch noch Verständnis für das zerstörerische Werk der Marder aufbringen.

Zu Mardern hatte Veronika kein gutes Verhältnis, was auch nicht verwunderlich war, denn innerhalb von zwei Jahren musste sie ihr Auto dreimal in die Werkstatt bringen. Dabei stellte sie ihren Wagen gar nicht auf der Straße ab, sondern stets in einer Tiefgarage. Zweimal waren Zündkabel angenagt gewesen und einmal ein Wasserschlauch. Schließlich ließ sie sich ein Ultraschallgerät einbauen. Dies – so der Werkstattleiter – würde mit den hochfrequenten Tönen die Marder sicher vertreiben. Veronika blieb skeptisch, aber in der Not ergreift man ja jeden Strohhalm. Mit diesem Werkstattbesuch hatte sie inzwischen etwa 1.000,- Euro ausgegeben, um Marderschäden beheben zu lassen oder jetzt, um solchen vorzubeugen.

Sie haderte mit dieser Laune der Natur, die aus Waldbewohnern Städter gemacht hatte. Und die als Kulturfolger ungeniert ausprobieren, was in ihrem neuen städtischen Lebensraum alles angeboten wurde.

Besonders interessant schien es für sie dabei unter der Motorhaube von Autos zu sein.

Eines Tages begab sich Veronika wieder in die Tiefgarage zu ihrem Auto. Da saß so ein schwarzer Geselle ein paar Meter neben ihrem Auto. Er sah ihr interessiert zu, als sie ihr Auto aufschloss und voll banger Erwartung auch die Motorhaube öffnete. Die Inspektion ergab keine sichtbaren Schäden. Erst als sie den Deckel kräftig zuschlug, entfernte sich das Tier gemächlich.

Nach dieser Begegnung informierte sich Veronika über Marderfallen. Nur solche Fallen waren zugelassen, die die Tiere lebend fingen und das waren Kästen von beachtlichen Ausmaßen. So einen Apparat passte einfach unter kein Auto. Außerdem, sollte man tatsächlich ein Tier fangen, so müsste man es in die »freie Natur« zurückbringen und es dort laufen lassen. Und der Marder würde, so vermutete Veronika, schnurstracks zurückkehren. Denn Wald bedeutete für diese Stadtbewohner inzwischen nur Mühsal und Langeweile.

Als sie wieder einmal in ihrer Tiefgarage unterwegs war, hörte sie ein helles Fiepen. Ihr schwante nichts Gutes. Da lag neben der Beifahrertür ihres Autos ein kleiner Marder, der keinerlei Anstalten machte, weg zu rennen. Ihr erster Impuls war, das Tier zu erschlagen und sie hielt Ausschau nach einem Besen. Doch diesmal hatte der Hausmeister alle seine Geräte aufgeräumt. Sie griff sich den Handfeger aus ihrem Auto und näherte sich dem Marder. Da erkannte sie an seiner Schulter eine blutende Stelle.

Veronikas Mordgelüste brachen in sich zusammen.

Sie bückte sich, und zu ihrem Erstaunen bewegte sich der Kleine nicht von der Stelle und das, ohne sie anzufauchen und ohne mit seinen spitzen Zähnchen zu drohen.

Sie richtete sich wieder auf und war ratlos.

Beim Altpapiercontainer fand sie eine intakte Schuhschachtel und aus dem Kofferraum holte sie einen Putzlappen. Wieder näherte sie sich dem kleinen Marder und ging in die Hocke. Er blieb und fiepte kläglich. Vorsichtig hüllte sie den Kleinen in den Lappen und legte ihn in die Schuhschachtel.

Die Tierärztin meinte, er sei von einem anderen ausgewachsenen Marder so zugerichtet worden und gab dem verletzten Jungtier mehrere Spritzen. Es würde bei entsprechender Pflege durchkommen. Und ungewöhnlich zurückhaltend sei es, sagte sie noch, vermutlich wirke der Schock durch die Attacke nach... Die Arzthelferin, die die Rechnung schrieb, wollte wissen, wie der Patient heiße. Veronika nannte den Namen ihres früheren Lieblingshamsters, bezahlte bar und las: Für Marder Janosch erlaube ich mir zu berechnen € 35,-.

Einen Moment ärgerte sie sich über ihre Gutmütigkeit und verspürte den Impuls, Janosch einfach in der Praxis zurück zu lassen. Veronika seufzte, packte die Schachtel mit Janosch und fuhr nach Hause. Im Keller hatte sie noch den Hamsterkäfig; den holte sie nach oben und richtete ihn für den neuen Bewohner her.

Sie wollte Janosch nur so lange behalten, bis er wieder gesund war. Für einen ausgewachsenen Marder wäre der Käfig auch viel zu klein. Und ganz sicher würde er kein Hindernis für einen Marder sein, der entweichen oder auch nur an und mit den Stäben »spielen« will. Nach der Genesung wollte sie ihn wieder »auswildern«. Dieser Ausdruck kam ihr für einen Stadtbewohner unpassend vor.

Janosch wurde immer zutraulicher und Veronika ließ ihn oft in ihrer Wohnung frei herum laufen. Dann folgte er ihr wie ein Hundchen. Schließlich nahm sie ihn auf den Platz vor ihrem Haus mit und das ohne Leine. Insgeheim hoffte sie, er würde die Gelegenheit nutzen und sich absetzen. Aber er wich nicht von ihrer Seite. Die Kindergartenkinder von gegenüber wurden aufmerksam und eines fragte, warum denn dieser Dackel so dünn wäre. Veronika klärte das Kind auf.

Veronika fiel auf, dass sich Janosch ebenfalls regte, wenn sie sich zur Musik bewegte. Mit der Zeit machte Janosch immer präziser ihre Bewegungen nach. Und beim ZUMBA kopierte er sie schließlich perfekt. Sie nahm einen großen portablen CD-Player mit nach unten, spielte ZUMBA ab und machte die entsprechenden schellen Übungen dazu. Janosch beherrschte das Repertoire... Die Kinder waren begeistert. Und auf einmal erschien ein weiterer Marder, gesellte sich zu Janosch und – machte mit! Künftig ging Veronika immer Dienstags und Donnerstags bei Einbruch der Dämmerung hinunter und spielt diese Musik ab und tanzte vor. In Marderkreisen sprach sich dieser Event herum, denn es wurden immer mehr. Manche trafen schon vor Beginn der Veranstaltung ein.
 Natürlich griff die örtliche Presse dieses Thema auf: Statt vom »Rattenfänger von Hameln« lauteten die Schlagzeilen nun: »Die Marderfängerin von Tübingen«. In Interviews und Leserbriefen trat Veronika

dem Eindruck entgegen, sie würde die Tiere fangen oder irgend einen, wie auch immer gearteten Zwang ausüben. Die Marder kämen freiwillig und würden sich – wie alle beobachten könnten – nach der Veranstaltung wieder geordnet zurückziehen.

Das Ordnungsamt ermittelte auch, aber das Verfahren verlief im Sande, weil die Paragrafen nichts zu Tierversammlungen aussagten.

Diese offensichtliche Freiwilligkeit brachte NABU und Tierschutzverband in Schwierigkeiten und so beschränkten sie sich auf eine milde Kritik, Veronikas Vorgehen könne keinesfalls artgerecht sein.

Professor Dr. Cornell von Seewiesen, Verhaltensforscher und der aktuelle Nachfolger auf dem Lehrstuhl von Konrad Lorenz schrieb eine viel beachtete Abhandlung. Er monierte diese absolut befremdliche Kulturadaption durch die Tübinger Marder, die sich nicht mit leicht verfügbarem Nahrungsangebot zufrieden gäben und sah grundsätzlich schwarz – für die Gattung »homo sapiens«. Das Wort »Kulturdämmerung« machte die Runde.

Veronika experimentierte auch mit dem Fressverhalten von Janosch und setzte ihm die ungewöhnlichsten Dinge vor. Sie erkannte schnell, dass alles, was sich zum Fressen und gleichzeitig zum Spielen eignet, klare Favoriten waren. Spitzenreiter waren Geflügelknochen, die beim Aufbeißen knackten. Auch wenn ihre Stichprobe klein war, präzise gesagt nur aus einem Individuum, nämlich Janosch, bestand, generalisierte sie die Ergebnisse. Nach Veronikas ZUMBA-Erfolgen mit den Mardern zog ihre Ergebnisse niemand in Zweifel.

Inzwischen beschäftigte Veronika eine Tier-Ökothrophologin, einen Verfahrensingenieur und einen Designer. Das Team entwarf ein traubenähnliches Gebilde von zusammenhängenden Kügelchen aus Maisstärke. Einige der Kügelchen waren mit Fressen gefüllt, aber alle knackten beim Aufbeißen. Diese Marder-Crackers wurden zum Renner. Man hängte so eine Traube in den Motorraum und das Fahrzeug blieb von Marderbissen gefeit. Nach jeder Woche sollte man diese Cracker-Trauben ersetzen, auch dann, wenn sie nicht beschädigt waren. In der Gebrauchsanleitung stand, die Trauben würden nach dieser Zeitspanne ihren für Marder so anziehenden Duft verlieren.

Der Dachverband der KFZ-Ersatzteilindustrie strengte gegen Veronikas Marder-Cracker-Firma eine Klage an und wurde darin von den KFZ-Handwerkskammern unterstützt. Nachweislich war der Ersatzteilverkauf bei Zündkabeln, Wasserschläuchen und Ähnlichen stark zurück gegangen. Und die Werkstätten konnten keinen Austausch mehr in Rechnung stellen
Der Rechtsstreit ging über mehrere Instanzen. Da aber alle Gutachter einvernehmlich die Unbedenklichkeit der Cracker bestätigt hatten, wurde auf Bundesebene schließlich zu Gunsten des Tierwohls und für Veronika entschieden. Ihre Verteidiger hatten argumentiert, dass man bei einem Verbot der Marder-Cracker sonst ja auch den Verkauf von Meisenknödeln verbieten müsste. (Damit hätte man die deutsche Seele schwer getroffen!)

Ja, und was ist aus Janosch geworden? Beim Marder-

Zumba hatte er wohl eine Gefährtin gefunden und kehrte nicht in Veronikas Wohnung zurück...

Wie jede Modeerscheinung schlief auch das ZUMBA irgendwann ein. Veronika hätte auch keine Zeit mehr dafür gehabt. Ihre Firma »AFF« (»Animals Food & Fun«) beschäftigte inzwischen 230 Leute. »AFF« designte und produzierte besonders hochwertige Tiernahrung – die mit dem Spaßeffekt! »AFF« erhielt den Business Award und es hieß, NESTLE und Monsanto würden sich inzwischen für »AFF« interessieren.

Im Firmenlogo war übrigens ein Steinmarder.

(2019)

Mysteriös

Als bei Bruno Lenkovich einmal die Zeit stehen blieb

Mir war kalt. Daran bin ich erwacht. Ich sah, dass meine Fingerkuppen ganz schrumpelig geworden waren – ich muss lange in der Wanne gelegen haben. Wie lange wohl? War es nicht gegen vier Uhr nachmittags, als ich in das Bad stieg? Ich werde es nachher klären, sagte ich mir.
Ich hatte mir nachträglich eine tiefere Wanne einbauen lassen. So konnte ich meiner Neigung zu ausgedehnten Bädern besser frönen. Doch der Nachteil war, dass der Ausstieg aufwändiger geworden war. Das Drehen in Bauchlage, abstützen, die Knie heranziehen, mich kniend aufrichten...
Ich mochte nicht darüber nachdenken, wie lange mir dieses umständliche Manöver noch möglich sein würde.
Ich stieg aus der Wanne, schlang das Badetuch um mich und ging in das Wohnzimmer: 16.15 zeigte die Uhr an. Ungläubig betrachtete ich die Anzeige. Das konnte nicht sein. Ich kniff mehrfach die Augen zu und schaute wieder. Immer noch 16.15 Uhr. Nein – dann wäre ich ja keine viertel Stunde in der Wanne gelegen – ich sah meine Finger an, nein!
Ich schüttelte die Uhr, meinen präsisesten Zeitmesser, eine Funkuhr. Nichts passierte. An der Batterie konnte es nicht liegen, denn die hatte ich erst kürzlich ersetzt. Bevor ich die Anzeige der Funkuhr mit der der anderen Uhren in meiner Wohnung vergleichen konnte, sprang sie plötzlich auf 17.05. Dies zeigten dann auch die anderen Uhren an, die im Digital-Radio, die im Herd und meine Armbanduhr und selbst der Wecker am Bett.

Ich trocknete mich ab. Und blieb irritiert. Irgend etwas stimmte da nicht. Angezogen setzte ich mich in meinen Lesesessel und versuchte mich zu erinnern. Meist gelang es mir, meine neuesten Träume wieder aufzurufen, nicht in jedem Detail – aber die wesentlichen Inhalte. So auch diesmal.

Die hohe Mauer war durch eine breite Pforte durchbrochen. Innerhalb der Mauer konnte ich einige niedere Gebäude sehen. Hier war wenig los. An der linken Seite standen die von der Einlasskontrolle; davor einige Menschen, die Einlass begehrten. Die rechte Seite war ungeschützt, keine Schranke oder sonstige Barriere. Aus sicherem Abstand beobachtete ich das Geschehen. Da entdeckte mich einer von der Security und winkte mich heran. Ich winkte abwehrend zurück. Der Kontrolleur zuckte mit den Achseln und wandte sich wieder seiner Aufgabe zu.
   In einem Moment, als mir das Kontrollpersonal abgelenkt schien, schlüpfte ich durch das Tor. Vor mir eine unglaublich weite Wiese und fern, ganz im Hintergrund ein großes Gebäude. Eine Residenz? Ich vergewisserte mich, dass man mich nicht entdeckt hatte und schritt zügig auf das Gebäude zu. Je weiter ich kam, desto belebter wurde es. Eigenartige Wesen schwebten vorbei, in bodenlange, luftige Tücher gehüllt, die Gesichter frei. Sie glitten so gleichmäßig über den Boden, dass bei dieser Art von Fortbewegung deren Füße nicht beteiligt sein konnten.
   Und diese bedrückende Stille. Kein Vogel war zu hören – nichts. Kein Schmetterling zu sehen und kein Busch oder Baum. Nur trockene, staubige Grasnarbe.
   Ich blickte zurück: werden die Menschen, die hier eingelassen wurden, in diese Wesen transformiert?

Wenn, das so wäre, müsste es in den Gebäuden hinter der Pforte geschehen. So lange ich dorthin sah, kam niemand heraus.

Ich wandte mich wieder um und hoffte, irgend ein bekanntes Gesicht zu entdecken. Aber es war niemand darunter, den ich erkannt hätte. Allen war eigen, dass ihr Lächeln wie eingefroren wirkte. Wie bekifft.
»He du!« sprach ich einen an. Erstaunt blickte mich die Gestalt an und zog, ohne anzuhalten, weiter. Als wieder so ein Wesen meinen Weg kreuzte, griff ich zu. Ich wollte es festhalten und fragen, wie das hier so ablaufe. Ich wollte es so lange aufhalten, bis ich eine befriedigende Auskunft bekommen hätte. Doch es gab nichts zu halten – die Tücher glitten wie Nebel durch meine Finger. Und keinerlei Reaktion von diesem Wesen; ich hatte befürchtet, es würde ungehalten reagieren, wenn ich es in diesem Trancezustand störe. Aber es entschwebte lächelnd.

Viele von diesen Gestalten waren unterwegs. Ich konnte nicht erkennen, dass sie sich auf vorgegebenen Bahnen bewegten, geschweige, dass sie ein Ziel ansteuerten. Sie schwebten kreuz und quer. Und wenn zwei von ihnen auf ihrer Bahn nahe aneinandergerieten, hielten sie nicht an, um zu plauschen. Sie wichen einander aus und setzten ihren jeweiligen Kurs fort. Kurs? Nein, es war, als würden sie von einem Zufallsgenerator gesteuert.

Ein freudloser, ungastlicher Ort. Ich beschloss, umzukehren. Niemand hielt mich auf, als ich das Tor erneut passierte, diesmal auf dem Weg zurück. Ob die, die da Einlass begehrten, wussten was sie erwartet?

Sicherlich nicht! Niemand sucht einen solchen Ort freiwillig, um zu bleiben.

Das war der Traum. Am Frieren war ich erwacht. Und jetzt befand ich mich in meinem Lesesessel und grübelte. Hatte das Stehenbleiben meiner Uhren mit dem Traum zu tun? Weil ich im Traum im »Jenseits« war – dort, wo es zeitlos zugeht, weil es keine Zeit mehr gibt?
Aber dieses Jenseits, das ich da gesehen hatte, kam mir entsetzlich fade vor. Das, was ich gesehen hatte, konnte nicht »der Himmel« sein. In seiner Ödnis war es vielleicht nur das Fegefeuer?
Es musste doch noch »richtige« Himmel geben! Das Himmelreich der Christen. Das den gottesfürchtigen Muslimen versprochene Paradies – es wird als ein Ort des Überflusses beschrieben. Oder den Garten Eden der Juden, eine Stätte der Harmonie! Oder das Nirwana – dort, wo die Seelen von allen Strebungen befreit, keine Wiedergeburt mehr fürchten müssen... Gerne wollte ich diese Orte auch kennen lernen. Doch wie hinkommen? Und vor allem, wie musste ich navigieren, um nicht wieder bei den grinsenden Schweblingen zu landen? Ich überlegte, was ich vor meinem Traum unternommen hatte. Gehörte das In-der-Wanne-liegen mit dazu? Wanne und Wasser gehören zusammen. War meine Wanne ein symbolischer STYX?
Aber ich brauchte keinen Fährmann, um diesen »Fluss« zu überqueren. Und eigentlich wollte ich ja auch der Unterwelt keinen Besuch abstatten. War es doch eine antike Jenseitsvorstellung.

Womit also hatte ich mich beschäftigt, bevor ich einschlief?

Ich wusste es nicht mehr. Mir wurde bewusst, dass ich herum suchen und experimentieren musste. Das bedeutete so manchen »Versuch und Irrtum«. Aber so sehr ich mich bemühte, in der Folge gelang es mir nicht mehr, im Traum zu einem dieser »Jenseitigen Orte« zu gelangen.

Das Einzige, was ich nun sicher wusste, war, dass sich so ein Traum nicht erzwingen ließ. Anfangs war ich enttäuscht. Doch dann tröstete ich mich damit, dass die anderen »Himmel« für mich vielleicht genauso wenig attraktiv waren, wie der Ort, den ich besuchen konnte.
Wollte nicht auch Alois Hingerl, der berühmte »Münchner im Himmel«, wieder zurück auf die Erde? Die Lobpreisungen, das stete Hosianna-Singen waren nichts für ihn. Ich grinste und stellte mich vor den Spiegel. »Bruno Lenkovich«, sagte ich zu mir, »Es gibt für dich auch hier noch viel zu entdecken!«

(2022)

Der Kraftstein

Der Terminkalender von Clemens Bach war ziemlich gefüllt – jedenfalls für einen Rentner wie ihn. Treffen vom Schwarzwaldverein, vom Geschichts- und Heimatverein, der Stammtisch der Betriebsrentner von der Hydraul AG. Ja, und wenn das Wetter nicht zu schlecht war, stand am Mittwoch Nachmittag ein Besuch auf dem Friedhof auf seinem Programm. Dort suchte er das Grab seiner früh verstorbenen Frau auf.

In diesem Gräberfeld hatte es schon lange keine Veränderung mehr gegeben. Doch nun, seit seinem letzten Besuch, war eine aufgelassene Stelle neu belegt worden.

Auf dem provisorischen Holzkreuz stand in drei Zeilen: »Paul Aveno, 1965-2020, Die Kraft aus dem Vergehen«. Kein Bild. Der Name gefiel Clemens, drei Vokale in diesem kurzen Wort. Nur 55 Jahre alt ist dieser Paul geworden. Heutzutage ist das doch kein Alter für Männer; rein statistisch gesehen hätte er 74 Jahre alt werden müssen, dieser Paul. Er selbst war schon 79 – also fünf Jahre überfällig. Das Schicksal dieses Paul beschäftigte ihn: Unfall? Krebs? Mord gar? Den Namen »Aveno« hatte er hier im Städtle noch nie gehört. Und in seiner Zeitung war keine entsprechende Todesanzeige gewesen. Doch was sollte die Aussage »Die Kraft aus dem Vergehen?« Ein Psalm war es jedenfalls nicht.

Schon nach drei Wochen war das Holzkreuz durch einen Grabstein ersetzt worden. Schwarzer Marmor, die Front poliert, mit den gleichen mageren Angaben wie zuerst auf dem Kreuz und vielleicht einen Meter hoch. Dass das Grab nur mit Bodendeckern bepflanzt war, ließ nur den Schluss zu, dass man wenig Aufwand mit der Grabpflege betreiben wollte.

Clemens kannte alle Angehörigen, die in dieser Parzelle die Gräber ihrer Verstorbenen aufsuchten, Doch als er wieder einmal den Friedhof besuchte, bemerkte er eine fremde Person auf diesem Gräberfeld. Er näherte sich, die Fremde stand am Aveno-Grab. Nun stand er drei Schritte hinter ihr und räusperte sich.
  Die Frau fuhr herum und blickte ihn fragend an.
  »Ich habe Sie noch nie hier gesehen, hier auf »unserem« Abschnitt. Ich heiße Clemens Bach – meine Frau liegt seit zwölf Jahren hier!«, sagte Clemens und deutete mit dem Daumen in die Richtung.
  »Kann ich Ihnen meine Gießkanne leihen?«
  Die Frau schüttelte den Kopf
  Geraume Zeit standen sie so. Je länger ihr Schweigen dauerte, desto sicherer war sich Clemens, dass sie einem Gespräch nicht grundsätzlich abgeneigt war. Sonst hätte sie ihn abgewiesen.
  Er betrachtete sie: vielleicht 40 Jahre alt, ein rundliches eher fahles Gesicht, kurze dunkelbraune Haare, schlank, nein eher dünn, vielleicht eins-sechzig groß, gepflegte Erscheinung.
  »So, haben Sie mich jetzt gemustert und beurteilt?« unterbrach ihn die Frau leicht spöttisch.
  »Sind sie verwandt mit Herrn Aveno, und auf der Durchreise und haben dabei diesen Grabbesuch gemacht?«
  Sie schüttelte erneut den Kopf und ein schwaches Lächeln lag nun auf ihren Lippen.
  »Ich bin nicht verwandt mit Herrn Aveno, aber ihm dauerhaft sehr verbunden. Ich bin auch nicht auf der

Durchreise, sondern wohne hier, im Neubaugebiet Uhlandpark. Allerdings verbrachte ich das letzte Vierteljahr in der Uniklinik Freiburg, in der Abteilung für Transplantationsmedizin und war lange in der Intensiv. Meine einzige funktionierende Niere stammt von Herrn Aveno«.

Clemens schwieg betroffen. Auch die Fremde sagte nichts. Dann ging ein Ruck durch sie: »Ich gehe jetzt! Ade, Herr...?«

»Bach«, ergänzte Clemens.

Langsam entfernte sich die Fremde.

Komisch, dachte sich Clemens, sie hat nicht »Auf Wiedersehen« gesagt. Ob sie nochmals her kommt? Wer mag sie sein? Organspende. Vermutlich hatte dieser Aveno einen schweren Unfall und einen Organspendeausweis bei sich. Aber erfolgen Organspenden nicht grundsätzlich anonym? Wie hat diese Frau von ihrem Organspender erfahren?

All diese Fragen beschäftigten Clemens auf seinem Heimweg.

Seit dieser Begegnung mochte ein Monat vergangen sein, als er die Fremde wieder am Aveno-Grab sah. Ihre Rechte lag auf dem Stein, sie war so in sich versunken, dass sie ihn nicht bemerkte.

Clemens versorgte das Grab seiner Frau, dann trat er zu ihr.

»Guten Tag«, grüßte er. Sie wandte sich ihm zu und lächelte nun leicht.

»Ah – Sie sind's!«

»Entschuldigung, ich muss sehr aufdringlich erscheinen. Aber Sie sind der erste Mensch mit einem Spenderorgan, der mir begegnet ist! Das beschäftigt mich sehr. Wie lebt man denn damit?«

Sie antwortete nicht.

Und nach einer Pause fragte er nach: »Kommen Sie gelegentlich hierher? Ich habe Sie schon lange nicht mehr gesehen, Frau...?«

»So oft es mein Beruf erlaubt – ich bin wieder im Außendienst tätig. Im Schnitt zweimal in der Woche, doch wohl zu anderen Zeiten, als Sie auf dem Friedhof sind!«

Auf die Frage nach ihrem Namen ging sie nicht ein.

»Verzeihen Sie«, fuhr Clemens fort, »aber ich war so informiert, dass die Organspende völlig anonym verläuft, der Empfänger also nie erfährt, von wem das Organ stammt!«

»Das ist wohl der Regelfall. Doch im Nachlass von Paul Aveno fand sich die dringende Aufforderung an seinen Sohn, den Empfänger oder die Empfängerin ausfindig zu machen und dieser Person eine Botschaft zu übergeben«.

»Und haben Sie die Botschaft erhalten?«

»Ja. Aveno jr. hat auf irgendeine Weise meinen Namen und Anschrift ausfindig gemacht und mir diesen Brief übergeben. So, und jetzt breche ich wieder auf. Ade, Herr...«

»Bach«, ergänzte Clemens.

Die Angelegenheit wurde für Clemens immer mysteriöser. Was mag in dem Brief gestanden haben? fuhr es ihm durch den Kopf. Und kommt sie deswegen? Oder aus purer Dankbarkeit? Was mag dahinterstecken?

Die Wahrscheinlichkeit, diese Frau hier auf dem Friedhof zu treffen, war gering. Noch geringer war sie, ihr zu begegnen, wenn er in ihrem Stadtviertel spazieren lief, noch dazu, weil sie ja berufstätig war.

Die Neugier über diesen »Fall« hatte von ihm völlig Besitz ergriffen. Doch jetzt kam auch die Angst auf, als aufdringlich zu gelten, gar als Stalker. Seufzend resignierte er – er würde nicht im »Uhlandpark« nach ihr suchen und auch nicht vermehrt auf den Friedhof gehen.

Als Clemens einmal durch die Fußgängerzone schlenderte, sah er sie schon von weitem. Sie saß vor einem Café, einen Eisbecher vor sich. Da blickte sie in seine Richtung, erkannte ihn und nickte ihm zu.
Da sie ihn nicht demonstrativ ignoriert hatte, fühlte Clemens sich ermutigt, auf sie zuzugehen.
»Da sind Sie ja wieder, Herr Krebs!«
»Bach ist mein Name – aber Krebs hat auch mit Wasser zu tun.«
Clemens stand eine Weile, dann fragte er: »Darf ich mich zu Ihnen setzen?«
Sie nickte.
»Ich schätze Sie so ein, dass Sie der Fährte folgen, Herr Bach, dass Sie am Ball bleiben. Und dass Sie mich deswegen bei jedem möglichen Treffen weiter ausquetschen würden. Darum will ich Ihnen lieber jetzt ein paar Dinge erzählen!«
Clemens blickte zu Boden, räusperte sich mehrfach und bestellte ein kleines Bier.
»Ich war Dialysepatientin und ich bin Pharmaberaterin. Als solche sollte ich viele Arztpraxen aufsuchen – nicht nur hier in der Gegend. Nein, im ganzen südlichen Landesteil. Als Patientin hatte ich meine zwei Blutwäsche-Termine während der Woche und einen am Wochenende. Beruf und meine Krankheit passten ganz schlecht zusammen. Irgendwann kam ich auf die Warteliste für ein Spenderorgan. Da ich

noch relativ jung und berufstätig bin, musste ich nur drei Jahre warten. Offensichtlich hatte man Angst vor meiner Berufsunfähigkeit.«

Sie unterbrach und löffelte an ihrem schon ziemlich zusammengeschmolzenen Eis. Und Clemens trank einen Schluck.

»Vor einem halben Jahr wurde ich plötzlich einbestellt in die Nephrologie der Uniklinik. Und erhielt eine für mich neue, aber ›gebrauchte‹ Niere. Mein Körper wehrte sich gegen das fremde Organ, doch mit starken Medikamenten wurde die Abstoßung verhindert.«

Sie pausierte erneut, rührte in dem Becher mit dem Eisrest, schob ihn dann aber von sich.

»Nun hat sich mein Körper einigermaßen an die fremde Niere gewöhnt. Dazu musste meine Immunreaktion heruntergefahren werden, ich muss deswegen laufend Medikamente nehmen, bin ich auch viel anfälliger geworden.«

Jetzt blickte sie Clemens direkt an.

»Und da ist noch etwas – Avenos Botschaft!«

Clemens stellte sein Bierglas wieder ab, ohne getrunken zu haben.

»Ich weiß es inzwischen auswendig, so oft habe ich es gelesen. In dem Brief, den ich über Avenos Sohn erhielt, stand:

Liebe Empfängerin, lieber Empfänger,

ich hoffe, mein Organ erlaubt Ihnen jetzt, ein besseres Leben zu führen.
Und ich lebe nun zu einem Teil in Ihnen weiter.
Sie und ich sind also eine innige Verbindung eingegangen.
Ich will, dass diese Verbindung auch von Ihnen aktiv gepflegt wird.

Besuchen Sie deshalb möglichst oft mein Grab und berühren meinen Grabstein!
Sie werden die Kraft spüren, die Ihnen dann zufließt.

Ihr Paul Aveno

Nun schwieg die Frau.

Nach einer Pause fuhr sie fort: »Zuerst war ich nur dankbar für dieses neue Organ. Doch dann kamen mir Zweifel, ob Herr Aveno so uneigennützig gehandelt hat.«

Clemens nagte an seiner Unterlippe, dann begann er: »Zwei Fragen liegen mir da auf der Zunge, Frau....?«

»Moosmann«, ergänzte sie und ein Hauch von Lächeln lag um ihren Mund.

»Zwei Fragen, Frau Moosmann, nämlich: Man hört immer wieder davon, dass Organe Eigenschaften ihrer früheren Besitzer gespeichert haben, dass es also so eine Art Körpergedächtnis gibt. Und dieser Gedächtnisinhalt geht dann auf den Empfänger über, der plötzlich irgendeine bislang unbekannte Neigung entwickelt!«

Frau Moosmann sah ihn erstaunt an.

»Und Ihre zweite Frage?«

»Was hat es mit der Kraft auf sich,« schob Clemens nach, »die Paul Aveno ankündigte oder in Aussicht stellte?«

Frau Moosmann tupfte sich umständlich den Mund ab.

»Zu Ihrer ersten Frage kann ich Ihnen nichts sagen. Mir hat vor der OP der Wein besser geschmeckt als jetzt. Sollte Aveno ein Weinliebhaber gewesen sein, spüre ich davon nichts. Durch die vielen Medikamente, die ich nehmen muss, mundet mir der Wein nicht mehr. Schade!«

Frau Moosmann sah Clemens nun direkt an.

»Zu Ihrer zweiten Frage: Da ist was dran! Immer, wenn ich Avenos Grabstein berührt habe, fühle ich mich besser. Ich weiß, das klingt nach übersinnlichem Hokuspokus. Aber es ist so. Dieses Gefühl hält vielleicht einen Tag lang an. Aber andersherum wirkt es auch: wenn ich beruflich unterwegs bin, und vielleicht drei Tage nicht zum ›Auftanken‹ kommen konnte, fühle ich mich sehr schlapp, antriebslos, einfach schwach.« Frau Moosmann machte eine Pause.

»Ich bin nun in eine neue Abhängigkeit geraten. Ich mag es mir gar nicht ausmalen, wie ich mich fühlen würde nach einer Woche Abstinenz von diesem ›Kraftstein‹. Ich traue mich in keinen Urlaub zu fahren. Und was wäre, wenn ich wieder für länger in eine Klinik müsste?«

»Darum also haben Sie Ihre Hand auf den Grabstein gelegt – oder gepresst, so wie mir schien?«

»Genauso ist es, Herr Bach. Glauben Sie mir, eine ›normale‹ Spenderniere – ohne Auflage – wäre mir deutlich lieber. Wenn ich das im Transplantationszentrum erzähle, das mit dem Aveno-Grabstein, die halten mich für verrückt. Für komplett meschugge!«

»Ich fühle mich erpresst«, stieß sie nun laut hervor, so dass die Personen am Nachbartisch aufsahen.

»Ein Geschenk mit einer harten Bedingung – das ist doch kein Geschenk!«

Und immer noch in Rage schob sie nach: »Von Aveno jr. wollte ich mehr über seinen Vater erfahren. Seine Eigenschaften, seine Beweggründe. Doch der Sohn hat mich nur wissen lassen, dass ich ihn in Ruhe lassen solle. Er habe seinen Auftrag erfüllt und damit sei für ihn alles erledigt!«

Frau Moosmann atmete mehrmals tief.

»Natürlich habe ich nach dem Namen gegoogelt. Aber ich fand nichts, rein gar nichts. Man muss sei-

nen ›digitalen Nachlass‹ vollständig entfernt haben. Auch hier im Adressbuch nichts. Hier leben keine »Avenos«. Er wollte an meinem Wohnort begraben werden. Wegen mir. Merkwürdig, nicht?«
Sie sah Clemens direkt an:
»Nun, Herr Bach, konnte ich Ihre Neugier befriedigen?«
Clemens nickte und bedankte sich.
»Dann bis irgendwann wieder im Friedhof!«
Frau Moosmann erhob sich und murmelte: »Ade. Ich habe schon bezahlt – gleich bei der Bestellung!«
»Auf Wiedersehen!« wollte Clemens ihr nachrufen, doch dann brach es laut aus ihm heraus: »Wenn Sie den Brief nicht bekommen hätten, Frau Moosmann, was dann? Oder wenn Sie ihn ungeöffnet weggeworfen hätten?«

Frau Moosmann blieb ruckartig stehen, drehte sich langsam um und blickte ihn mit aufgerissenen Augen an. Stumm stand sie so eine Weile. Doch dann eilte sie davon.

Bei der morgendlichen Zeitungslektüre, etwa zwei Monate nach dem Treffen, entdeckte Clemens eine Todesanzeige der Firma PHARMkurat hier aus Messelstadt:

Frau Gundula Moosmann,
langjährige verdiente Außendienstmitarbeiterin
unseres Unternehmens,
ist im 42. Lebensjahr
nach einem Bagatellunfall
völlig überraschend gestorben.
Wir werden Ihr ein ehrendes Andenken bewahren...

Der Kraftfluss unterbrochen, dachte sich Clemens, so ein Shit! Die Spenderniere – ein übles Danaergeschenk!

(2021)

Ein Traum, ein Brunnen und das Vergessen

Normalerweise hatte Karl keine Probleme mit dem Einschlafen. Gelegentlich aber – so wie am vergangenen Abend – wollte es einfach nicht klappen. Er lag auf der rechten Seite, seiner Einschlafseite, drehte sich dann auf den Rücken und einige Momente später auf die linke Seite. Er wusste aus Erfahrung, sich darüber aufzuregen, würde alles nur viel schlimmer machen. Würde er dieses Einschlafproblem nun einem Arzt oder Psychologen vortragen, da war er sich sicher, so würde dieser ihn nach »unbewältigten Tagesresten« fragen. Bei der Vorstellung musste er in sich hinein schmunzeln. Dieses Mal gab es keine unbewältigten Tagesreste: jedenfalls fiel ihm nichts ein, was heute und jetzt noch dringend einer Klärung bedurft hätte.

Das von vielen gepriesene Allheilmittel, zu zählen, bis man einschliefe, hielt er für falsch. Wenn er über die fünfziger Zahlen kam, musste er sich konzentrieren, und das war ja doppelt einschlafschädlich. Statt des Apfels hatte er seinen Rotwein genommen: am fehlenden Schlummertrunk konnte es also auch nicht liegen. Eine Schlaftablette zu nehmen, hatte er sich nur für Krankheitsfälle vorbehalten. Und so drehte er sich wiederum von der linken Seite auf den Rücken, blieb so einige Momente liegen, um sich dann auf die rechte Seite weiter zu drehen....

Karl holte zügig aus; ihm kam es so vor, als würde ihn der steile Weg den Berg hinauf überhaupt nicht anstrengen. Bald würde er die Vegetationsgrenze erreicht haben. Und noch ein Stück höher – in einer Höhle – würde er sein Ziel finden. Er hatte von diesem Becken in der Höhle gehört, voll mit klarem und bitter kaltem Wasser. Ob es eine Kultstätte noch aus heidnischer Zeit war, interessierte ihn nicht. Einzig interessierte ihn die Eigenschaft, die man diesem Wasser nachsagte: mit dem Eintauchen würden Erinnerungen verlöschen und so dauerhaft dem Vergessen anheimfallen.

Der Pfad zwischen den Geröllhalden war schmal, bis zur Felswand war es nicht mehr weit. Und dann stand er auch schon vor dieser Felsspalte, die den Eingang in die Höhle bildete. Er trat ein. Die Höhle mochte am Grund vier auf vier Meter messen und verjüngte sich nach oben hin konisch. An der linken Wand stand dieses aus Stein gehauene Becken, ein einfacher Trog, ohne jede Verzierung. Der Zulauf bestand aus Wasser, das beständig über vorstehende Steine herabtropfte. Einen Ablauf gab es nicht: das Becken war voll und über den Rand tropfte es auf den Boden, wo das Wasser versickerte, ohne auch nur den Höhlenausgang zu erreichen.

Karl tauchte seine rechte Hand ein, sah das durch seine Hand verdrängte Wasser überfließen und spürte die Kälte dieses Wassers. Dann wurde ihm bewusst, dass er sich ja noch gar nicht darauf festgelegt hatte, was er vergessen wollte: da erschrak er und zog die Hand schnell wieder zurück.

Unschlüssig stand er vor dem Becken. Probeweise, so dachte er sich, wolle er einen sinnlosen Streit auslöschen, an dem er vor kurzem beteiligt war: sinnlos, weil er zu keiner Klärung, sondern nur zu noch mehr Entfremdung geführt hatte. Und wenn dies klappen würde, könnte er sich so noch weiteren Ballasts entledigen.

Es gab noch ein Problem: reichte es, ein Körperteil einzutauchen wie eben die Hand oder muss es der Kopf sein oder müsste er mit dem ganzen Körper eintauchen wie in ein rituelles Bad?

Je länger er vor dem Becken stand, desto sicherer wurde er sich, dass er ganz eintauchen müsse und dass es ein partielles Löschen und Vergessen nicht gäbe. Aber ist nicht jeder Mensch jeden Augenblick die Summe seines bis dahin gelebten Lebens? Und was würde von ihm als Person übrig bleiben, wenn alle Erinnerungen gelöscht wären? Auch die, die ihm wichtig waren und die er bewahren wollte bis ans Ende seiner Tage? Alles vergessen, das wollte er keinesfalls. Er wollte sich lieber seinem Gedächtnis anvertrauen: die Ereignisse, die ihm wichtig waren, würde er ja immer wieder aufrufen und so würden sie ihm erhalten bleiben und die anderen würden von alleine verblassen...
Zufrieden trat er den Rückweg an.

Am nächsten Morgen wachte Karl mit dem Gefühl auf, gut geschlafen zu haben. Er erinnerte sich daran, dass sich das Einschlafen lange hingezogen hatte, aber an seinen Traum konnte er sich nicht erinnern.

(2002)

Die Krähe im Feld

Grübelnd gehe ich zwischen den Feldern spazieren. In der Ferne fliegt ein kleiner Schwarm Krähen. Eine schert aus und kommt zurück. Wurde sie vom Schwarm ausgeschlossen oder war sie ihrer Kollegen überdrüssig? Sie fliegt geradewegs auf mich zu. Ich bin mir sicher, dass sie nun gleich abdreht. Sie kommt aber weiter auf mich zu. Ob es ein gezähmter Vogel ist? Vielleicht aus einem kleinen Zirkus entwichen, geht mir durch den Kopf. In solch kleinen Zirkussen springen ja weniger Löwen durch brennende Reifen, als dass heimische Tiere wie Geißen oder Gänse in der Manege auftreten. Warum also nicht eine zahme Krähe?

Die Krähe landet auf dem untersten Ast eines Baumes, wenige Meter von mir entfernt. Mein erster Impuls ist, sie zu verscheuchen: so wie die kleinen Kinder in der Fußgängerzone sich freuen, wenn sie Tauben verjagen können.
  Ich bleibe aber ruhig stehen und die Krähe beginnt sich zu putzen. Ein Vogel ganz in Schwarz. Warum die Evolution diese Vögel so eintönig gekleidet hat? Schwarz ist ja auch keine Tarnfarbe. Ein Vogel im Trauerkleid? Zumindest bei uns ist Schwarz die Farbe der Trauer und mir kommen Begriffe wie »schwarzsehen« oder auch »anschwärzen« in den Sinn.

Nun blickt mich die Krähe an – ganz ruhig schaut sie in meine Augen. Ich erstarre. Diese Begegnung muss ein Zeichen sein, denke ich mir. Aber was ist die Botschaft? An was soll mich das erinnern?

Vielleicht ist es ja gar keine Krähe, sondern ein richtiger Rabe. Ich verwerfe diese Idee, – Raben sind größer. Aber wenn es doch ein Rabe ist?

Ich bin froh, nicht zu träumen, denn Raben im Traum sind die Vorboten von Unglück und Bedrängnis. Man selbst wird zum Unglücksraben.

Aber vielleicht ist er gar einer von Odins Raben: »Hugin« oder »Munin«? Diese fliegen – wie die Sage berichtet – umher und teilen Odin alles mit, was sie gesehen haben. »Hugin« bedeutet doch »Gedanke« und »Munin« »Gedächtnis«, – so ergänzen sie sich bestens. Egal, welcher von beiden dieser Vogel ist, er weiß Bescheid. Er muss Bescheid wissen! Er muss mir antworten können auf meine Frage, auf das, was mich so lange beschäftigt. »Antworte mir«, bricht es heftig aus mir heraus, »so sag' es mir doch«! Der Vogel hebt reflexartig die Flügel, ruft »Kjah, Kjah« und krächzt im Wegfliegen »Wärr, Wärr«.

Hat das eine Bedeutung? Nein. Es war doch nur so eine blöde Saatkrähe. Ich gehe missmutig weiter. Die Frage bleibt unbeantwortet.

(2021)

Das Gefühlspuzzle

Fast hätte ich im Vorbeischlendern das Schaufenster des Antiquariats übersehen. Aber es war ja auch höchstens eineinhalb Meter breit und nichts lag hinter der Scheibe, was als Blickfang dienen könnte. Genau, das war es, was mich umkehren ließ: diese totale Unscheinbarkeit hatte mich aufmerksam gemacht...

Ich trat in einen schlauchartigen, niedrigen Raum mit Regalen links und rechts der Wand entlang. Am Ende des Raums saß an einem mit Büchern überladenen Schreibtisch eine Frau, so um die 60 Jahre alt. Sie hatte kurzes graues Haar und trug eine Brille mit runden Gläsern. Genaueres konnte ich auf die Distanz im Licht der Schreibtischlampe nicht erkennen.
  Ich grüßte und sie nickte mir zu, um sich dann sogleich wieder ihrer Lektüre zuzuwenden. Ich will mich hier nur umsehen, sagte ich. Sie blickte eher ungehalten über diese neue Störung wieder auf und nickte nochmals. Ich werde wohl ohne Beratung auskommen müssen, dachte ich mir und wandte mich dem Regal an der Türseite zu.

Ich war nicht auf der Suche nach einem bestimmten Titel oder Autor, – war ich doch auch zufällig hier herein geraten. Ich wählte die Bände eher nach ihrem Rücken aus. Die geprägten Lederrücken vermittelten mir, dass früher einige solche Bücher sein eigen zu nennen, wohl etwas anderes bedeutet hatte, als heute mehrere laufende Meter Taschenbücher im Regal stehen zu haben. Ich wunderte mich über die alten Schriftformen, die – so schien mir – einem raschen Lesen entgegen standen.

Da fiel mein Blick auf ein Holzkästchen ganz unten im Regal. Wie ein Zigarrenkistchen, nur stabiler und richtige Schwalbenschwanzverbindung an den Kanten. Ich bückte mich und hob es auf. Ziemlich abgegriffen war das Kistchen und das ehemals aufgeklebte Deckblatt, das über den Inhalt hätte Auskunft geben können, fehlte nahezu komplett. Nur die Leimspuren waren dort erhalten. Ich schüttelte das Kistchen leicht und das resultierende Klappern rührte wohl von einem Inhalt bestehend aus mehreren kleinen festen Teile her.
Ich fing an zu raten: Bauklötzchen? Schachfiguren? Wehrmachtsorden?

Der Deckel lief in einer Führung und war genau wie damals bei meiner ersten Griffelschachtel zum Aufschieben. Es waren Puzzleteile drinnen, vielleicht so 30 und alle in unterschiedlicher Farbe gehalten. Es waren keine Teile von Bildern zu erkennen, sondern auf jedem stand nur ein Wort. »Wut« las ich da. Ich legte eines nach dem anderen auf: Gier, Glück, Angst, Hoffnung, Neid, Zuversicht, Zuneigung, Verzweiflung, Freundschaft... Irgend etwas ließ mich stocken. Ich spürte den Blick der Frau in meinem Rücken und wandte mich um. Sie sah mich an, ich war mir nicht sicher, ob eher leicht spöttisch oder mehr fragend. Sie war inzwischen aufgestanden.

Gibt es denn dazu noch eine Spielanleitung, fragte ich sie, die Teile passen doch gar nicht richtig zueinander. Doch, meinte sei, das Besondere an diesem Puzzle sei, dass Kopfspieler es nie zuwege brächten. Jemand, der hier nur nach den zueinander passenden Zapfen und Ausbuchtungen der Teile sucht und nach den Randstücken mit einer geraden Kante, dem wird es nie gelingen. Hier ist anders vorzugehen: wichtig ist jeweils die Stimmung, in der der Spieler oder die Spielerin ist. Der Puzzlestein, der der jeweiligen Gemütslage entspricht, ist zentral zu platzieren und die Steine, die dieser Stimmung am nächsten kommen, sind darum herum zu legen usw.

Je weniger ein Stein mit seinem entsprechenden Begriff der Gemütslage entspricht, desto weiter vom Zentrum entfernt ist er anzulegen. Und so funktioniert es eben.

Ich war überrascht und fasziniert zu gleich und ich spürte gleichzeitig kräftige Zweifel in mir aufsteigen. Was soll es denn kosten? Ich verkaufe dieses Puzzle nicht mehr, antwortete sie. Die letzten beiden Eigentümer hatten es nach noch nicht einmal einer Woche zurück gebracht; sie waren damit nicht zurecht gekommen. Aber Sie (mir war, als würde sie das »Sie« besonders betonen) können das Spiel ja mal für ein paar Tage ausleihen. Ich nickte und wartete: ich dachte, sie wolle nun meinen Namen und meine Adresse oder den Ausweis oder ein Pfand. Sie merkte mir meine Unschlüssigkeit an. Auf Wiedersehen, sagte sie nur, setzte sich wieder an ihren Schreibtisch und vertiefte sich erneut in ihre Bücher.

Ich stand noch einige Zeit wie angewurzelt vor dem Antiquariat, das Puzzlekästchen, unverpackt wie es war, hielt ich mit beiden Händen. Dann raffte ich mich endlich auf, nach Hause zu gehen, um dieses Puzzle zu spielen.

Auf meinem Schreibtisch breitete ich die Puzzlesteine aus. Dabei versuchte ich ein Gefälle zu schaffen von den Steinen, die positive Gefühle repräsentierten über neutrale hin zu den negativ besetzten. Ich überlegte, welches Puzzle ich legen sollte. Es reizte mich, es mit »Liebe« zu versuchen.

Ich legte den »Liebe«-Stein in die Mitte und suchte nach den passenden Nachbarn. »Glücksgefühl«, »Sehnsucht«, »tiefe Empfindung«, auch »Lust« und »Erfüllung« legte ich mir zurecht, aber auch »Vertrauen« und »Zuversicht« und »Nachsicht«. Irgendwie wollten die Steine nicht zu einander passen. Aufgebracht presste ich sie zusammen. Aber kaum hatte ich die Hand weg genommen, wölbten sie sich hoch, wie auf einem Schildkrötenbuckel liegend und platzten auseinander. Mehrere weitere Versuche brachten kein besseres Ergebnis, meine Stimmung sank beträchtlich: die Neugier hatte purem Ärger Platz gemacht.

Sollte ich nun das Puzzle zurückbringen, wie es meine Vorgänger getan hatten? Ich hielt inne. Ich erinnerte mich an die Frau im Antiquariat. Hatte sie nicht bezüglich der Spielregel gesagt, hier lasse sich nichts erzwingen?

Ich sammelte die Steine wieder ein und legte sie in das Kästchen zurück. Langsam kam mir die Gewissheit, ich hätte mit »Zuneigung« anfangen sollten. »Sich öffnen« und »Vertrauen« und »Geduld« würden dazu passen und all die anderen dazugehörigen Steine würde ich dann wohl mit traumwandlerischer Sicherheit finden. Ich wusste, das nächste Mal würde es mir besser gelingen. *(2000)*

Im Wartezimmer

Ich war mir noch unschlüssig, wie ich diese Einbestellung bewerten sollte: als Unfug oder als Anmaßung. Letztlich entschied ich mich dafür, dass sich da wohl jemand einen Spaß erlaubt hatte und beschloss, trotzdem den Termin wahrzunehmen. Denn heute hatte ich frei und wollte schon gerne wissen, wer sich so etwas ausgedacht hat.

Die Einbestellung war nur ein halbes Blatt groß, mit Schreibmaschine beschrieben, ohne Absender, aber mit Angabe des Orts wo ich mich einfinden sollte, und der Zeitpunkt sowie mit einer akkuraten Unterschrift: »F. Niedergall«.

Wer mag dahinter stecken? Am ehesten konnte ich mir eine windige Rechtsanwaltskanzlei vorstellen, die sich mit Abmahnungen wegen angeblich unerlaubter Internetseiten-Nutzung über Wasser hält.
An der angegebenen Adresse angekommen, war ich nicht sonderlich überrascht, auf dem Klingelbrett den Namen »Niedergall« vorzufinden. Mich irritierte aber, dass da keinerlei Schild angebracht war, das auf die Art des Geschäftsbetriebs hingewiesen hätte. Aber was war es denn?

Ich klingelte, ein elektrischer Türöffner brummte und ich war im Flur. Gegenüber eine Tür mit dem Schild »Anmeldung«. Ich trat ein und sah mich neugierig um: Empfang und Wartezimmer waren in einem großen Raum. Gegenüber der Empfang, besetzt mit einer Frau und an der rückwärtigen Wand Wartende.

Ich verharrte so einen Moment. Die kurze Zeitspanne genügte, um eine lähmende Atmosphäre zu erspüren. Ich atmete in kurzen Zügen.

Am liebsten wäre ich wieder umgekehrt. Zu spät, denn die Assistentin fixierte mich bereits und mir fiel es schwer, ihrem Blick stand zu halten. Sie saß hinter einer Barrikade, über die sie mit gehobenen Kopf hinweg sehen konnte. Ich schob die Tür zu und näherte mich ihr langsam. Um sie herum war eine U-förmige Arbeitsfläche, der äußere Rand mit Ablagekästen bestückt und zum Publikum hin bis zum Boden verkleidet. Und das Ganze stand auf einem Podest, vergleichbar mit dem Schalter, wie es früher in Behörden üblich war.

Nun stand ich vor ihr. Die Assistentin war wohl an die 60 Jahre alt, klein und mager, graublonde kurze Haare und eine mächtige Brille mit dunklem Gestell im Gesicht. Ich entdeckte nichts Weibliches an ihr, nicht einmal ihre Figur brachte mich auf diesen Gedanken. Sie zeigte keine Spur von Freundlichkeit, nicht einmal Sachlichkeit, sondern nur kontrollierende Strenge...

Ich grüßte und wollte die Vorladung aus meiner rechten Jacketttasche herausziehen.

Sie sah auf einen großen Wecker. »Sie kommen spät, Herr Labknecht!«, grollte sie.

Woher kannte sie mich? Ich war noch nie hier. Ihre Art ärgerte mich.

»Sagen Sie, um was geht es denn hier?« motzte ich und ließ das Schreiben stecken.

Statt einer Antwort machte sie eine kräftigen Handbewegung Richtung Rückseite des Raumes, schob zusätzlich ihr Kinn vor und wies so auf die Wartenden.

Aber ich drehte mich wieder zu ihr.
Auf meine Frage ging sie nicht ein.
»Sie sind spät!«, wiederholte sie und betonte dabei jedes einzelne Wort.
»Man wird ja wohl noch ...« begann ich wieder.
Sie schlug mit ihrer kleinen Faust auf die Schreibfläche und unterbrach mich so.
Ich wollte es nochmals auf ein Blick-Duell ankommen lassen. Mir schien, als würde sie meine Absicht erraten haben, denn ich nahm ein kaum merkliches spöttisches Lächeln wahr. Ihr Blick bohrte sich in meinen. Es war mir sehr unangenehm, fast schmerzhaft. So – so wie sie mich ansah, musste sie mehr über mich wissen, als mir lieb sein konnte. Aber woher? Und was hatte sie mit diesem Wissen vor?
Verwirrt senkte ich meinen Blick. Im Wegdrehen fiel mir auf, dass der Bildschirm des PCs Staub angesetzt hatte und die dazugehörige Tastatur mit einer schwarzen Plastikhülle abgedeckt war. Aber eine mächtige elektrische Schreibmaschine summte und rings herum standen Kästen mit Karteikarten.
Ich fügte mich und setzte mich auf einen freien Platz.

So ein Mist, was bildest du dir da wieder ein. Nichts weiß sie – nichts kann sie wissen. Lass' dich doch nicht von Jemanden, der dich nur scharf ansieht, so ins Bockshorn jagen.
Mit mir warteten noch fünf Personen, drei Frauen und zwei Männer. Die Jüngste schätze ich auf 45, den Ältesten auf 75.
Immer wieder hob die Assistentin den Kopf und musterte die Wartenden. Überwachte sie diese von ihrer Burg herunter? Wie eine Aufseherin.

Ich hörte sie arbeiten: sie musste wohl Karteikarten in die Maschine einspannen, etwas darauf tippen und dann die Karten wieder einsortierten.

Hier sind wirklich 50 Jahre stehen geblieben! Mich hätte nicht gewundert, wenn diese Frau einen grauen Arbeitsmantel getragen hätte, wie ich es früher von Beschäftigten in Registraturen her kannte.

Gelegentlich begannen zwei nebeneinander Sitzende miteinander zu flüstern. Da fixierte die Assistentin die Frevelnden, räusperte sich scharf und schon stockte das Gespräch.

Mir kam die Runde vor, wie eine Gruppe von geladenen Zeugen, die sich keinesfalls vor der Anhörung über ihre Aussagen abstimmen sollten.

Dennoch gab es Mutige, die nach dem Stand zu fragen wagten – ob sie denn noch dran kämen, denn es sei immerhin schon knapp vor zwölf Uhr und um zwölf Uhr sei ja Schluss.

Dann richtete sich der Drachen auf, rückte ihre Brille zurecht, schnaubte »Sie werden es schon erwarten können!« und fuhr mit ihrer Tätigkeit fort.

Niemand unterhielt sich mit seinem Nachbarn, alle waren verstummt. Bleierne Stille.

Es ging und ging nicht vorwärts.

Die mit ihrem Röntgenblick – was weiß sie wirklich von mir? Auf was muss ich mich einstellen? Ich zermarterte mir meinen Kopf. Es gab doch keine Mitwisser! Ich kam zu keiner Lösung. Und wusste, dass es hirnrissig von mir gewesen war dieser nebulösen Einbestellung Folge zu leisten. Mal sehen, was daraus wird.

Die alten, abgegriffenen Zeitschriften mochte ich nicht in die Hand nehmen – mich ekelte davor. Das ganze Wartezimmer war schäbig, die Farbe an den Wänden stumpf. Vermutlich waren diese früher einmal in Altrosa gestrichen gewesen, jetzt in ein Graubeige gewandelt. Das ursprüngliche Weiß der Türen und der Einfassungen mutiert ins Gelbliche. Nur der abgenutzte Parkettboden machte einen gepflegten Eindruck, jedenfalls glänzten die Bretter frisch gewachst und gebohnert. Warum dieser Aufwand für den Boden? Nur für den Boden?

Auf die Dauer waren die Holzstühle unbequem, aber ich wollte mir keines der zerschlissenen Kissen unterschieben.

Wenn ein Summer ertönte, sah sie auf und richtete den Blick auf die Person, die an der Reihe war. Sie nannte den Namen, »Bergmann« zum Beispiel, aber ohne vorangestelltes »Herr« oder »Frau« und wies mit einer Handbewegung zur Tür hinter ihr. Stumm verschwanden dort die Aufgerufenen. Keiner von ihnen kam in den Warteraum zurück – es musste also noch einen anderen Ausgang geben.

Wo war die undichte Stelle? Ich fand keine Erklärung und vertrieb mir die Zeit, in dem ich verstohlen die Übrigen beobachtete. Hier dominiert grau, dachte ich mir.

Ich Idiot, dass ich auf diese Vorladung reagiert habe und das jetzt ausbaden muss.

Trotz meiner unbequemen Sitzgelegenheit musste ich irgendwann eingenickt sein. So hatte ich nicht mitbekommen, dass die restlichen Wartenden alle aufgerufen worden waren. Denn als ich aufwachte, war ich allein. Verwundert sah ich um mich und meine Augen trafen sich mit denen des Drachen. Ich erschrak. Sie bemerkte es und kicherte hart: »Nun, Josef Labknecht, gleich bist Du ›dran‹!« Dann tauchte sie wieder ab hinter ihrer Brüstung.

Das »Du« konnte hier einfach nichts Gutes bedeuten.

Ich sah mich um: der Ausgang des Warteraums war vielleicht vier Meter von mir entfernt. Aufspringen und losrennen, das hätte ich am liebsten getan, doch diese Blöße wollte ich mir nicht geben. Aber unbemerkt abhauen, das wär's. Ich hielt die Luft an: immer wenn sie in ihre Unterlagen blickte, hob ich mein Gesäß an, schwenkte es in Richtung des nächsten Stuhls und ließ mich nieder. Dann holte ich meine Beine nach und rückte mich zurecht. So arbeitete ich mich vor: noch zwei Stühle bis zum Ausgang. Es ging ziemlich lautlos, weil die Dielen so gut eingewachst waren und ich Schuhe mit Ledersohlen trug. Aber ich dachte, sie müsse meinen Puls hören, so laut pochte er.

Da ertönte der Summer: »Labknecht, komm!«, keifte sie. Ich erschrak, sprang so heftig auf, dass der Stuhl polternd umkippte und mit zwei Schritten erreichte ich die Tür, riss sie auf und stürmte in den Flur. Ich hörte sie noch meinen Namen schreien, aber da hatte ich schon die Haustür erreicht. Ich sah mich um – niemand folgte mir. Ich wischte mir den Schweiß von der Stirn und sog tief die Luft ein.

Zügig entfernte ich mich und mein Puls beruhigte sich.

Der Anblick eines Abfalleimers erinnerte mich an die Vorladung; ich wollte sie zerreißen und die Fetzen hier deponieren. Sie musste in der rechten äußeren Sakko-Tasche sein, doch da war die Einbestellung nicht. Ich fasste mich an die Stirn. Nun suchte ich alle Taschen ab – vergeblich. Kopfschüttelnd zog ich weiter.

(2015)

Kri-
mi

Die vertraute Stimme

Angie blätterte in einem Lifestyle-Magazin, als das Telefon klingelte. Sie ignorierte den Anruf, angelte sich ihr Handtäschchen vom Fußende der Recamiere, zog es heran und richtete sich auf. Es klingelte weiter. Dem Täschchen entnahm sie einen kleinen Spiegel, sie prüfte ihr Make-Up und strich ihre Augenbrauen glatt. Dann hob sie ab.

»Hallo, Angie, mein Schatz! Geht es dir gut?«

Angie erstarrte. Sie entfernte den Apparat so weit von sich, wie ihr Arm reichte, als könne sie so besser erkennen, wer da gerade anrief. Sie sagte nichts.

»Hallo, Angie! Ich bin's – Cornelius! Was ist mit dir?«

Es war eindeutig die Stimme ihres verstorbenen Manns. Mit allen Nuancen und dem stets ungeduldigen Unterton.

Sie atmete tief ein und stieß hervor:

»Was ist mit DIR?« Dabei betonte sie das ›Dir‹. »Du bist doch schon drei Wochen tot!«

»Ja, irgendwie schon. Aber nicht ganz. Sonst könnte ich doch nicht mit dir sprechen! Freust du dich denn nicht, mich zu hören?«

Angie schwieg eine Weile. Dann platzt es aus ihr heraus:

»Also ist es nichts mit der ›Ruhe in Frieden‹, von der der Trauerredner sprach«.

Auf seine Frage ging sie nicht ein.

»Nein, mein Ableben kam so plötzlich, dass manches ungeregelt blieb. Darum brauche ich jetzt deine Mithilfe. Es geht auch darum, dich finanziell besser zu stellen. Du musst mir Angaben besorgen: Kontonummern und so!«

»Und warum holst du dir den Kram nicht selbst?«, fragte Angie.

Hah, dachte sie bei sich, er jetzt als Bittsteller – da bin ich plötzlich in der besseren Position. Denn in geschäftlichen Dingen hatte Cornelius sie nie etwas gefragt. Nur angeordnet hatte er – mehr oder weniger.

»Tja, in meinem Zustand hat man wohl noch Verstand und Stimme – aber eben keinen Körper mehr! Also sei so gut, gehe zu meinem Schreibtisch. Du weißt doch, wo der Schlüssel ist. Öffne die rechte Tür, und im obersten Fach müsste eine Mappe liegen. Da sind Namen und Kontoverbindungen meiner Geschäftspartner drin. Meiner ehemaligen Geschäftspartner!«

»Okay. Ich gehe nach oben.«

Angie stieg die Treppe hoch; den Schlüssel hatte er in der Vase mit den Stiften deponiert gehabt. Sie bog in sein Arbeitszimmer ab und trat an seinen Schreibtisch.

»Oh je, da sind ja alle Schubladen offen und deren Inhalt ist auf dem Boden ausgeleert! Außerdem liegen Holzspäne herum und dazu noch dein zerbrochener Brieföffner!«

Angie erinnerte sich: Vor ca. 14 Tagen, als sie nach Hause kam, war die Terrassentür angelehnt, was sie sehr verwunderte. Denn sie schloss immer alle Türen und Fenster, wenn sie die Villa verließ. Damals war Cäsar ganz aufgeregt gewesen, hatte herum geschnüffelt und gebellt und sie hatte große Mühe gehabt, ihren Mops wieder zu beruhigen.

»Du blöder Hund«, hatte sie ihn gescholten, »Da ist doch nichts!« Vielleicht war die Katze von den Nachbarn hier? Mehr Gedanken hatte sie sich nicht gemacht, vor allem da von ihren Sachen nichts fehlte.

»Waaas? Aufgebrochen«, schrie Cornelius. Wann warst du das letzte Mal in meinem Zimmer?«

Angie wunderte sich, dass sich ein Toter so aufregen konnte. Aber es war eindeutig die Stimme ihres verstorbenen Mannes, die Stimme Cornelius Pollstedts. Aber da war doch etwas faul!

»Vielleicht vor einem Monat, als Du mir das Geld für mein ›Lady-Fit-Abo‹ überwiesen hast. Seither nicht mehr. Was sollte ich auch hier?«

Cornelius schwieg eine Weile. Dann fragte er, ob sie eine Mappe entdecken könne. Angie schob die Umschläge, CD-Hüllen, Zeitungsausschnitte mit Immobilienanzeigen, mehrere Playboy-Hefte hin und her und entdeckte eine gelbe Mappe.

»Hier ist sie«, rief sie ins Telefon, »aber sie ist leer! Keine Kontoauszüge. Nix!«

»Leer!« echote es aus dem Hörer, »Leer!«

»Horch' mal, Conny, da kann ich dir nicht weiter helfen. Ich muss das jetzt unbedingt meiner Freundin erzählen. Ein Toter ruft mich an, noch dazu mein verblichener Gemahl! Da wird Fritzzi aber staunen. Tschüss, vielleicht ein ander mal wieder!«

Sie hörte noch, wie er »Moment! Halt!« rief, aber sie hatte da schon aufgelegt.

»Der Conny ruft mich an!«, sprach sie zu sich selbst, als sie die Treppe hinunter stieg, »Das ist doch ein Ding. Einer, der tot ist. Aber seine Stimme klang wie immer. Stimmenmäßig ist da nichts mit Verwesung«.

Sie ging an die Bar, mischte sich einen Hugo, nippte und wollte Fritzzi anrufen. Da klingelte es erneut. Im Display stand ›Anonym‹. »Was willst Du jetzt schon wieder?«, sprach sie knapp.

»Angie, Du musst mir suchen helfen, nach den entwendeten Unterlagen. Niemand hebt wichtige Sachen nur im Original auf; man macht sich Kopien. Du musst die Kopien suchen im Keller oder in der Garage oder auf dem Dachboden. Oder USB-Sticks im Kühlschrank oder in der Espressomaschine oder ... oder irgendwo außer Haus!«. Cornelius Pollstedt hatte sich in Rage geredet.

Angie schwieg.

»Nun sag' doch was, Angie!«

Sie räusperte sich: »Conny, du erstaunst mich. Du hast mich nie in deine Geschäfte eingeweiht, im Grunde wollte ich es auch gar nicht wissen, und nun fragst du mich, wo du deine Sicherungskopien versteckt hast? Du bist doch bei Verstand – so hast du gesagt – also, dann erinnere DU dich jetzt!«

»Eben das funktioniert nicht. Vermutlich liegt es an der Vollnarkose bei der finalen OP. Du musst mir helfen!«

»Lass' mich in Ruhe, Conny, hörst Du, lass' mich einfach in Ruhe!«

Angie entfernte schon den Hörer, als sie ihn noch schreien hörte: »Du – wir – äh – ich kann auch anders!« Sie drückte lange und fest auf die Aus-Taste und warf das schnurlose Telefon auf den Illustrierten-Stapel.

Sie füllte Cäsars Futternapf nach und seine Trinkschale, streichelte ihn und sprach mit ihm. Sie wolle ihn jetzt nicht mitnehmen, und er solle gut auf das Haus aufpassen. Sie eilte in den Flur, nahm eine leichte Jacke, ihr Täschchen und die Autoschlüssel.

»Mein Gott, was ist denn los mit dir? Was ist passiert? Komm' rein!«, rief Fritzzi.

»Ein Espresso?«

Angie schüttelte den Kopf: »Was Stärkeres! Einen Whisky!«

»Mit Eis?«

»Nein, pur!«

Die beiden Frauen saßen sich gegenüber, tranken schlückchenweise und Fritzzi musterte ihre Freundin.

»Nun, sag' schon, was ist passiert? Bist Du schwanger?

Angie schüttelte wieder den Kopf:

»Nein, viel schlimmer. Cornelius ist wieder da. Er hat mich zweimal angerufen!«

»Sag' mal, spinnst du?«, stieß Fritzzi hervor, trat an ihre Freundin heran, legte die Außenfläche ihrer Hand an Angies Schläfe und fühlte dann ihren Puls.

»Na, krank scheinst Du mir nicht zu sein. Körperlich krank, meine ich. Dann erzähl mal: was wollte C. Prollstedt von Dir?«

Ein schwaches Grinsen lag um Angies Mund. Sie wusste, dass Fritzzi Cornelius nicht leiden konnte; ihn selbst für ihre Kreise für zu aufgeblasen hielt und deshalb das ›r‹ in den Namen eingefügt hatte.

Angie erzählte, was sich zugetragen hatte. Dann saßen beide Frauen stumm. Man hörte nur das Aufsetzen der Gläser auf der Tischplatte.

»Also«, unterbrach Fritzzi das Schweigen, »Wenn ich davon ausgehe, dass du nicht halluzinierst, und das glaube ich jetzt nach deinem Bericht nicht mehr, muss dich ein Roboter angesprochen haben. So einer mit ›Künstlicher Intelligenz‹. Übernatürliche und außerirdische Wesen gibt es nicht. Und an parapsychologische Phänomene glaube ich schon gar nicht!«

Angie kaute auf ihrer Unterlippe.

Fritzzi fuhr fort: »Cornelius war ein eifriger Social-

Media-Nutzer. Er bevorzugte Sprachnachrichten. Da könnte man gut sein Sprachverhalten analysiert haben und dann eben kopiert...«

»Aber warum sollte man das?«, unterbrach Angie.

»Ja, genau, das ist der Knackpunkt!«, sagte Fritzzi.

»Er war im Immobiliensektor tätig, erfolgreich, so haben wir ihn erlebt. Aber waren seine Geschäfte auch ›hasenrein‹? Hat er jemanden über den Tisch gezogen? Einem Partner Anteile am Gewinn vorenthalten? Schulden nicht zurückgezahlt? Geldwäsche gar?«

»Hör' auf, hör' auf!«, schrie Angie.

Und dann, nach einer Pause, schon wieder ruhiger: »Mir schwirrt der Kopf. Ich fahre jetzt nach Hause. Dank' dir für's Zuhören«.

Die Freundinnen umarmten sich.

Im Gehen meinte Angie: »Cornelius hat mich nie in seine Geschäfte eingeweiht. Es reichte, wenn ich seine Püppi war. Also ich weiß gar nichts!«

»Aber die ANDEREN wissen nicht, dass du nichts weißt. Bin gespannt, wie sich das weiterentwickelt«.

Fritzzi winkte, als Angie in ihren Alfa stieg.

Als Angie die Haustüre aufschließen wollte, bemerkte sie, dass diese nur angelehnt war. Sie stieß die Türe auf und horchte. Es hörte sich wie ein leichtes Wimmern an. Sie stürzte in das Wohnzimmer. Da lag Cäsar, Blut quoll aus einer große Wunde am Kopf. Daneben lag der Schürhaken vom Kamin. Angie stürmte in das Bad, riss ein Handtuch vom Haken und tupfte das Blut von Cäsar. Bei jeder Berührung winselte er. Sie griff sich das Telefon, scrollte mit der Linken durch das Verzeichnis, auf der Suche nach der Tierarztpraxis. Mit der Rechten drückte sie das Handtuch auf die Wunde. Eine Angestellte der Praxis meldete sich. Schwer atmend beschrieb Angie Cäsars Verletzung. Sie sollte kommen; ihr Hund würde sofort behandelt werden. Angie bettete Cäsar in den Hundekorb, deckte ihn mit dem verbluteten Handtuch zu und trug ihn zum Auto. Als sie die Beifahrertür geöffnet hatte, bemerkte sie, dass ihr Hund nicht mehr atmete. Sie schrie auf, immer wieder, schluchzte, hielt sich an der Tür fest. Dann stellte sie den Korb mit dem toten Cäsar in den Fußraum. Die ganze Fahrt über bis zur Tierärztin weinte sie. Schluchzend übergab sie den Korb und stammelte etwas von »Machen Sie das Übliche und schicken mir dann die Rechnung!«

Angie fuhr nach Hause, warf ein paar Klamotten und ihr Reise-Makeup-Set in ihren Trolley. Und rief Fritzzy an: »Du, kann ich ein paar Tage bei dir unterschlüpfen? Sie haben – solange ich weg war – Cäsar erschlagen. Ich fühle mich hier nicht mehr sicher!«
»Klar, komme sofort!«, antwortete die Freundin.
Als Angie aufbrechen wollte, klingelte das Telefon. Sie ignorierte es. Dann tutete ihr Smartphon. Sie zögerte, doch dann nahm Sie ab.
»Entschuldigung! Das mit deinem Hund tut mir leid! Es war eine Überreaktion! Aber du solltest schon kooperieren!«, so sprach Cornelius Stimme.
Angie schwieg.
»Also nochmals, es tut mir leid! Nun, sag' doch was!«
Angie packte die Wut: »Wer immer Sie sind, die Sie sich die Stimme meines verstorbenen Mannes zu eigen gemacht haben – von mir erfahren Sie nichts! Ich kann Ihnen auch nichts sagen, weil mich mein Mann in seine Geschäfte nicht eingeweiht hat. Und wenn ich etwas wüsste, würde ich Ihnen – nachdem Sie

meinen Cäsar umgebracht haben – nichts sagen. Und jetzt lassen Sie mich in Ruhe!«

Dann schob sie nach: »War der Einbruch und das Aufbrechen des Schreibtisches nur Show oder waren andere Ganoven schneller als Sie? Lassen Sie mich einfach in Ruhe!«

Sie beendete das Gespräch, verstaute den Trolley im Kofferraum und fuhr zu Fritzzi. Während der Fahrt dachte sie daran, dass sie sich eine neue Mobil-Nummer besorgen und ihr Aussehen ändern müsse. Sie seufzte: ihre langen blonden Haare abschneiden. Die Verbliebenen schwarz färben: so wie einst Mireille Matthieu, noch größere Sonnenbrille. Und die Villa verkaufen. Dazu den biedersten Makler der Gegend beauftragen – sofern es den überhaupt gab. Und dann den Sommer auf Ibiza verbringen.

Bei Fritzzi erzählte sie, was vorgefallen war. Fritzzi hielt ihr stumm eine Zeitungsseite hin und deutete auf einen Artikel.

Angie las: »Moderne Geister. Mithilfe von künstlicher Intelligenz simulieren Chatbots Gespräche mit Verstorbenen«.

»O.K.«, murmelte Angie, »Das mag die technische Seite sein! Aber wer steckt dahinter? Und was wollen die Gauner? Was werden ihre nächsten Schritte sein? So schnell werden sie nicht aufgeben!«

Fritzzi zuckte mit den Schultern: »Kann sein, sie glauben dir nicht, dass Du nichts weißt. Darum solltest du für einige Zeit von hier abhauen. Flieg' nach Ibiza. Geh' dort zu Röders in deren Finca. Die haben genug Platz und vor allem hatten die nie eine Verbindung zum Prollstedt, Ich werde gleich bei Röders anrufen!«

Fritzzi legte ihren Arm um die Schulter ihrer Freundin.

»Danke. An Ibiza habe ich auch schon gedacht«, erwiderte Angie. »Weißt du, was mich brennend interessieren würde?«

Fritzzi sah sie erwartungsvoll an: »Na, sag' schon!«

»Ob der Cornelius Schadenfreude verspürt, wo er die anderen doch so ›gelinkt‹ hat?«

Beide Frauen grinsten.

(2021)

Meine Nachbarn, der Hausierer und ich

Durch das Küchenfenster, das direkt auf den Vorgarten hinausging, hatte Gregor ihn schon beobachtet, gleich würde er klingeln. Sein erster Impuls war, die Küche zu verlassen und nicht zu öffnen. Aber dann verwarf er diesen Gedanken. Der Hausierer würde überwiegend vor verschlossenen Türen stehen. Bei jedem Wetter draußen unterwegs sein und immer freundlich erscheinen – mein Gott, so ein Scheiß-Job. Darum wollte er ihn wenigstens anhören, aber er nahm sich vor, keinen Ramsch zu kaufen, auch nicht aus Mitleid.

Als es klingelte, stand Gregor schon an der Haustür. Der Hausierer schien überrascht, dass sein Läuten und das Öffnen der Tür praktisch gleichzeitig passierte.
Er war ein kleiner, vielleicht 55-jähriger Mann, mit schütterem grauem Haar. Er deutete auf das Namensschild neben der Klingel: »Herr Prager?« Gregor nickte. Mit einem »Einen wunderschönen Tag, Herr Prager« zog er aus der Brusttasche seines viel zu großen Bundeswehr-Parkas eine Bescheinigung, die ihn als ›Vertriebsbeauftragten Adolf Matzke‹, auswies. Gregor verzichtete darauf, das Kleingedruckte zu lesen und trat vor die Haustür ins Freie, denn er ließ so schnell niemanden ins Haus, den er nicht kannte.
Das gegenüberliegende Küchenfenster wurde aufgekippt – aha, die Kilians, meine lieben Nachbarn, haben wieder ihren Horchposten bezogen, ärgerte sich Gregor. Es gibt doch wirklich keine Gelegenheit,

die sie sich entgehen ließen. Haben die denn sonst nichts zu tun? Bei den Nazis wären sie sicher Blockwart gewesen.

Herr Matzke erklärte, er sei für eine Vereinigung behinderter Künstler unterwegs, um Glückwunsch-Postkarten zu vertreiben. Er komme einmal im Jahr vorbei, um Abnehmer zu beliefern und neue Kunden, so wie hoffentlich auch ihn, Gregor, zu gewinnen.

Der Hausierer sprach leise und blickte bei seinen Ausführungen zu Boden.

»Wechseln sie sich bei ihren Routen ab, ich kann mich jedenfalls nicht erinnern, Sie hier schon mal gesehen zu haben?« fragte Gregor.

»Sie haben Recht: in dem Job hält keiner lang durch.«

»Waren Sie schon immer als Vertreter unterwegs?«

»Nee« antwortete der Hausierer, und Gregor fiel die plötzlich rauere Stimme auf, »früher war ich Buchhalter! Warum wollen sie das wissen?«

»Nur so. Na, dann zeigen Sie mal, was Sie dabei haben!«

Der Hausierer zog der ausgebeulten linken Parkatasche ein Kartenpäckchen heraus und reichte es Gregor.

Es waren unbeholfen ausgeführte Aquarelle von Landschaften und jeweils am unteren Rand mit einem goldfarbenen Schriftzug bedruckt, wie »Herzlichen Glückwunsch zum Geburtstag« oder »Alles Liebe und Gute!«

Der Hausierer beobachtete ihn genau: »Nicht wahr – kleine Kunstwerke sind das!« Und als er Gregors Zögern bemerkte, fügte er an: »Und wenn man bedenkt, wie diese Karten entstehen. Mit dem Mund oder den Füßen gemal...«

Gregors Urteil stand fest: nie würde er sich solche Karten kaufen oder diese jemandem aus seinem Bekanntenkreis zumuten.

Er spürte, dass er jetzt das Gespräch abbrechen müsste, konnte sich dazu aber nicht durchringen und fragte nach dem Preis.

»Zehn Karten kosten 20,- Euro; zwanzig Karten 30,- Euro, mit den Kuverts, versteht sich. Im Rucksack« – der Hausierer deutete mit seinem Daumen nach hinten – »habe ich noch mehr dieser Kunstkarten!«

»Ganz billig sind diese Karten ja nicht!« hielt ihm Gregor entgegen.

»Ja, die Hälfte des Erlöses geht an die behinderten Künstler«, entgegnete der Hausierer, »Sie unterstützen damit bedürftige Menschen!« Den zweiten Teil dieses Satzes hatte er wieder mit deutlich angehobener Stimme gesprochen und dabei Gregor angeblickt: graue Augen, die ihm seltsam ausdruckslos erschienen.

Gleich darauf senkte der Besucher seinen Blick erneut und mit leiserer Stimme fragte er Gregor, wie viele Karten er kaufen wolle.

Gregor ärgerte sich über sich selbst. Er blätterte nochmals den Stapel durch: dilettantisch im Bildaufbau, in der Farbwahl, keine Komplementärfarben, und dazu noch jeweils der blöde Aufdruck.

Er räusperte sich: »Die Karten sind ganz nett, aber sie treffen nicht meinen Geschmack und auch den meiner Bekannten nicht. Auch wenn ich diese Karten kaufen würde, könnte ich sie nicht weiter verschenken.«

»Niemand hat ein Herz für Behinderte!« klagte der Hausierer. »Bedenken Sie das Los dieser bedauernswerten Menschen ohne Arme, die immer auf Hilfe angewiesen sind. Wollten Sie so leben?«

Der Hausierer war immer lauter geworden. Nach einer Pause und nun mit fast flehender Stimme: »Auch wenn Ihnen die Karten nicht gefallen – Sie tun ein gutes Werk, ein Werk der Barmherzigkeit, wenn Sie kaufen – nur ein Zehnerpäckchen?«

Gregor zögerte einen Augenblick, dann schlug er vor: »Kann ich denn dieser Vereinigung behinderter Künstler eine Spende überweisen? Haben Sie eine Kontonummer? Und damit Sie nicht umsonst hier geläutet haben, will ich Ihnen selbst zwei Euro geben«.

Der Hausierer schüttelte heftig den Kopf und es brach erneut aus ihm heraus: »Ich laufe mir die Tage und Wochen über die Hacken wund, und was ist das Resultat? Nichts und wieder nichts. Rein - gar nichts!«

Das ›Gar nichts‹ hatte er laut geschrien. Böse blickte er Gregor jetzt an: »Wenn Sie nichts kaufen wollen, so sagen Sie es doch gleich, anstatt mich so lange hinzuhalten. Das ist eine ganz, ganz fiese Tour, so auf verständnisvoll zu machen. Und in Wirklichkeit freuen Sie sich darüber, so jemanden wie mich verarscht zu haben!«

Gregor versuchte etwas einzuwenden, doch er kam nicht zu Wort, denn der Mann giftete weiter: »Und ein Bettler bin ich schon gar nicht, ich läute nicht wegen Almosen. Ihre milde Gabe können Sie sich irgend wo hin stecken.«

Gregor sagte: »So beruhigen Sie sich doch! Ich musste doch Ihre Ware zuerst anschauen, bevor ich mich entscheide. Und dann wollte ich Ihnen entgegenkommen. Dann halt nicht! Ade.«

Gregor wandte sich ins Haus, doch kaum hatte er sich umgedreht, spürte er einen heftigen Schmerz in seiner rechten Schulter. Ihm wurde schwarz vor den Augen. Im Fallen sah er noch: der Hausierer hielt ein Messer in seiner rechten Hand und blickte ihn – so schien ihm – selbst überrascht an. Er hörte jetzt auch Schreien, wusste aber nicht, woher es kam. Das Letzte, an das sich Gregor erinnern konnte, war, dass er auf den am Boden verstreuten Karten lag.

Schmerzen ließen Gregor wieder zu sich kommen. Jetzt lag er auf seiner linken Seite in einem Krankenhausbett. Er wollte sich auf den Rücken drehen, aber der Schmerz wurde so stark, dass er ächzend von diesem Vorhaben abließ.

»Sie haben Glück gehabt – saumäßiges Glück!«

Er drehte seinen Kopf in Richtung der Stimme. Ein Arzt beugte sich über ihn und klebte mit einem weiteren Leukoplaststreifen den üppigen Verband auf seiner Schulter fest.

»Nur eine Fleischwunde – keine Organe verletzt! Wie geht es Ihnen jetzt?«

»Weh tut's, saumäßig weh!«

»Können Sie sich erinnern?«

Gregor fiel der Besuch des Hausierers und die für ihn völlig überraschende Attacke wieder ein und er nickte.

»Dann werde ich jetzt jemanden von der Kripo zu Ihnen lassen, der will Ihnen ein paar Fragen stellen.«

Der Arzt öffnete die Tür und winkte jemandem zu: »Aber nur fünf Minuten!«

»O.k., O.k.« war die Antwort.

Ein etwa dreißigjähriger Mann, blond, in Jeanshosen und einer Jeansjacke, trat auf ihn zu, nannte seinen Namen, zeigte seine Dienstmarke und fragte: »Hallo, Herr Prager! Haben Sie arge Schmerzen?«

Gregor nickte.

»Trotzdem muss ich Sie zu diesem Angriff, dem Sie ausgesetzt waren, befragen. Kennen Sie diese Person? Wie verlief das Ganze?«

»Ich habe diesen Hausierer noch nie gesehen«, antwortete Gregor. Er erzählte alles, an das er sich erinnern konnte, bis hin zu dem Moment, als er zu Boden ging. »Als ich ihm den Rücken zukehrte, hat er zugestochen. Mehr weiß ich nicht«, schloss er seine Aussage.

Der Kripobeamte, der sich Stichworte notiert hatte, sagte:

»Der Hausierer behauptet allerdings, Sie hätten ihn grundlos beleidigt?«

Gregor schüttelte den Kopf: »Nein, ganz und gar nicht! Warum sollte ich auch? Er tat mir leid und ich wollte ihm durch meine Gesprächsbereitschaft zeigen, dass ich ihn respektiere. Sie sagten ›Der Hausierer behauptet...‹ das heißt, Sie haben ihn schon gefasst?«

»Ja«, meinte der Kripobeamte, »das und dass Sie so rasch in die Klinik kamen, haben Sie ihren Nachbarn, den Kilians, zu verdanken. Nachdem Herr Kilian den Hausierer weggeschickt hatte, wollte er beobachten, wie Sie mit ihm umgehen. Er hat alles durch sein Küchenfenster mitverfolgt. Als Sie zu Boden gegangen waren, hatte er schon seine Tür geöffnet und um Hilfe geschrien. Seine Frau verständigte sofort die Polizei und diese den Notarzt. Der Hausierer floh, aber er ist nicht weit gekommen. Ihr Nachbar verfolgte ihn nämlich - in Hausschuhen und mit genügend Abstand, versteht sich. Und die Tatwaffe, ein kleines Küchenmesser mit schwarzem Plastikgriff, sein Brotzeitmesser, wie der Hausierer sagte, haben wir inzwischen auch gefunden. Bisher ist der Täter nicht durch Gewaltdelikte aufgefallen – nur durch Unterschlagungen und durch Gelegenheitsdiebstähle!«

»Schluss für heute!« meldete sich der Arzt.

Der Kripobeamte erhob sich und sagte »Ich komme wieder auf Sie zu! Gute Besserung!«

Und im Hinausgehen fügte er noch an: »Mitunter hat es auch Vorteile, solch interessierte Nachbarn zu haben!«

Gregor nickte ihm zu und grinste.

(2010)

Die Nachricht

Wenn ich nur nicht so neugierig wäre – dann hätte ich mir das Ganze nicht eingebrockt. Dann hätte ich Zettel Zettel sein lassen und wäre nicht zu dieser Telefonzelle rübergeradelt, um ihn zu lesen.

»Nachricht für Fernando« stand in ungelenken Druckbuchstaben auf dem Papier, das mit einem Tesastreifen an der Glastür befestigt war. Vom Format her war der Zettel so groß, dass man ihn gar nicht übersehen konnte. Ich öffnete gespannt die Tür – vielleicht lag die Nachricht im Telefonbuch? Aber Rowdys hatten wohl das ganze Telefonbuch aus der Halterung gerissen und weggeworfen. Im Telefonbuch hätte man ja eine Botschaft hinterlegen können. Ansonsten lagen nur ein paar ausgetretene Kippen und eine zerquetschte Bierdose am Boden herum – weit und breit keine Nachricht. Enttäuscht schloss ich die Tür und suchte mit den Augen die Umgebung der Telefonzelle, den Parkplatz vor dem Friedhof ab. Nichts Auffälliges: einige geparkte Autos und ein paar Besucher mit Blumen in der Hand strebten durch das Hauptportal in den Friedhof.

»Suche Sie was?«

Ich fuhr erschrocken herum: hinter mir stand ein untersetzter kräftiger Kerl, ca. 40 Jahre alt, nackenlanges, üppiges, schwarzes Haar, Koteletten wie zu Elvis besten Zeiten, beide Hände tief in den Taschen seines Blousons vergraben. Er musterte mich von oben bis unten.

»Suche Du was?«, wiederholte er seine Frage mit aggressiven Unterton in der Stimme. Aufgrund seines Akzents tippte ich auf einen Italiener.

Ich hatte mich wieder einigermaßen gefasst: »Ja, ich suche die Nachricht für Fernando« antwortete ich und fühlte mich dabei einigermaßen ertappt.

Der Typ machte einen Schritt auf mich zu: »Du biste Fernando?«

»Nein, der bin ich nicht!«.

»Dann gehst besser jetzt nach Hause«, grollte er mich an.

Ich war empört. Was bildete sich diese zwielichtige Gestalt eigentlich ein? Schließlich kann man in diesem Lande immer noch nach Lust und Laune Telefonzellen inspizieren, oder etwa nicht?

Er kam noch einen Schritt auf mich zu und stand jetzt schon bedrohlich nahe. Er roch, nein, er stank nach Tabak.

»Du verstehe deutsch, oder? Ja? Dann haue jetzt ab!«

Er schien mir richtig gereizt zu sein.

Der Parkplatz war inzwischen menschenleer, niemand hätte mir helfen können, wenn ich gerufen hätte. Da er mir, so wie er aussah, wohl körperlich deutlich überlegen war, zog ich es vor, zu tun, was er verlangt. Wütend bestieg ich mein Fahrrad und fuhr davon.

Dieser Vorfall lies mich nicht mehr los. Mehr noch als die offenkundige Drohung und mein wenig heldenhafter Rückzug, war es der Zettel: »Nachricht für Fernando«. Dass es damit etwas auf sich haben musste, schien mir allein schon durch diesen italienischen ›Wachhund‹ belegt, der an der Telefonzelle postiert gewesen war. Ich kam zu dem Schluss, dass die Nachricht nicht in dem Telefonhäuschen auf dem Parkplatz deponiert sein konnte. Nachdem der Zettel so groß war, fiel er auch von der Straße aus auf und war sogar aus einem vorbeifahrenden Auto aus zu sehen. Vermutlich war es ja ein Hinweis, dass im Friedhof daneben jetzt eine Botschaft abgeholt werden könne.

Aber welche Funktion hatte der ominöse Wachposten? Sollte er verhindern, dass der Zettel abgerissen würde? Wenn er die Botschaft kennen würde, dann hätte er sie ja persönlich über-bringen können. Vielleicht wollte der finstere Typ selbst mit Fernando – wer das auch immer sein mochte - in Kontakt treten, ihn abpassen?

Von nun an richtete ich meine Fahrradtouren immer so ein, dass ich am Friedhof vorbeikam. Es mögen etwa 14 Tage vergangenen sein, bis ich den ›Telefonzellen-Wächter‹ wieder sah. Er hatte sein Auto, einen größeren FIAT, so abgestellt, dass er von seinem Platz aus die Telefonhäuschen im Blickfeld hatte. Sicherlich hing da wieder so ein geheimnisvoller Zettel an der Zellentür. Jetzt wollte ich es wissen. Ich radelte, verdeckt von den geparkten Autos zum Friedhofseingang. Ich war mir sicher, dass mich der Italiener nicht entdeckt hatte. Am Eingangstor sperrte ich mein Fahrrad ab. Völlig ziellos begann ich mit meiner Suche. Ich fragte mich, wo ich hier eine Nachricht verstecken würde: an einem völlig unscheinbaren Grabstein oder eher bei einem imposanteren Monument? Gemeinhin würde man wohl vermuten, ein ›Toter Briefkasten‹ sei bei einem unauffälligen Grabmal eingerichtet. Eben aus diesem Grunde nahm ich an, dass sich diejenigen, die auf diese abenteuerliche Weise Nachrichten übermitteln, sich gerade ein auffälliges Grabmal aussuchen würden. Zum einen würde man es dann in Eile leichter finden, zum anderen entspräche das sicherlich der Dreistigkeit der vermutlich kriminellen Absender.

Nachdem der Friedhof sowieso schon zu einem bevorzugten Revier für meine Spaziergänge gehörte, kannte ich mich auf dem Gelände gut aus. Ungewöhnliche Grabmale waren hier – im Gegensatz etwa zum Dorotheenstädtischen Friedhof in Berlin oder dem Südfriedhof in München - eher selten. Aber dann kam mir die Grabstätte der Fabrikantenfamilie Munzer in den Sinn. Die Munzers hatten über vier Generationen Uhren gefertigt. Erst 1970 wurde die Produktion eingestellt – auch sie hatten den Wechsel von den mechanischen zu den Quarzwerken verschlafen. Jetzt war die Familie bestenfalls Industriegeschichte

Genau, der Munzersche Engel musste es sein, da war ich mir plötzlich sicher. Zielstrebig eilte ich los und erreichte ihn auch schnell: der verwitterte und von Efeu umrankte Engel kniete in einem steinernen Rundbogen, den Kopf und die ausgestreckte rechte Hand zum Himmel gerichtet, die abgesenkte Linke dagegen hielt eine Art Vase fest, die leicht schräg am Boden stand. Die Vase erinnerte mich an eine Amphore. Das wäre doch ein gutes Versteck! Ich beugte mich vor, um sie genau zu inspizieren. Nur ein paar künstliche Rosen steckten in ihr. Ich war enttäuscht. Ohne große Hoffnung, doch noch einen Fund zu machen, ging ich zur Rückseite des Grabmals, um es auch von hinten zu überprüfen. Da, kaum sichtbar hing ein Nylonfaden über den rückseitigen Rand der Vase. Ich zog und schon hielt ich einen in Plastikfolie eingeklebten Brief in Händen. Ich prüfte den Brief von allen Seiten: weder ein Empfänger noch ein Absender standen darauf. Ich griff nach meinem Taschenmesser, um die Plastikhülle und dann auch den Brief zu öffnen. Doch dazu kam ich nicht: »Grazie, gute Führung« hörte ich die bekannte Stimme mit dem italienischen Akzent hinter mir. Nichts Gutes ahnend drehte ich mich um: tatsächlich, der ›Wachhund‹ musste mich also doch auf dem Friedhofsparkplatz entdeckt haben und mir in gehörigem Abstand gefolgt sein. Dann herrschte mich der Typ plötzlich an: »Gib' her, pronto, ganz schnell!«. Seine Linke hielt er mir ausgestreckt entgegen, seine Rechte dagegen umfasste in der Seitentasche seiner Jacke etwas, das von den Umrissen verdächtig wie eine Pistole aussah.

Meine Kehle war wie zugeschnürt. Instinktiv ließ ich mein Taschenmesser fallen. »Hilfe« krächzte ich und dann, als der Kloß im Hals sich löste, schrie ich lauter und lauter »Hilfe, Hilfe«.

Ein paar Friedhofsbesucher wurden aufmerksam und kamen näher. Einer rief: »Polizei!«

»Porco maledetto« fluchte der Kerl, hechtete auf mich zu und entriss mir den Brief. Durch den Aufprall stürzte ich auf den Munzerschen Engel. Der Italiener aber rannte mit dem Brief Richtung Westausgang davon.

Ich fasste mit der Hand an meinen Hinterkopf: ich blutete. Benommen rappelte ich mich wieder hoch. Inzwischen standen mehrere Leute um mich herum. »Sind Sie o.k.?« Von meinen Fingern tropfte Blut. Ich wies auf meine Platzwunde am Kopf: »Bis auf das fehlt mir nichts!« Jemand ereiferte sich darüber, dass man heutzutage selbst auf Friedhöfen nicht mehr sicher sei. Mein Taschenmesser steckte ich wieder ein und war froh, dass niemand wissen wollte, was ich damit hinter dem Grabmal vorgehabt hatte. Ich beschwichtigte die Umstehenden und versprach, selbst zur Polizei zu gehen, um den Schläger anzuzeigen.

Anzeige erstattete ich dann doch nicht, weil ich auch

bei der Polizei nicht als Möchtegern-Sherlock-Holmes abgestempelt werden wollte. Die Lust am Detektiv-Spielen war mir aber nach diesem Vorfall gründlich vergangen. Allerdings bedauerte ich schon, dass ich wohl nie etwas über die Hintergründe dieser Attacke erfahren werden würde.

Aber kaum zwei Wochen später konnte ich aus der Zeitung entnehmen, was es mit dem Toten Briefkasten auf sich gehabt hatte: irgend ein Ableger der Mafia erpresste auch in unserer Gegend bei italienischen Geschäftsleuten Schutzgelder. Ein Verbindungsmann dieser »Ehrenwerten Gesellschaft« lebte bis dato unerkannt vor Ort. Dieser hatte dem Geldeintreiber, der von der nahegelegenen Kreisstadt kam, über den Toten Briefkasten im Friedhof Aufträge zukommen lassen. Im Friedhof selbst sah der Erpresser aber nur dann nach, wenn er ein Signal bekommen hatte. Aha, der Zettel am Telefonhäuschen, den man im Vorbeifahren sehen konnte, so reimte ich es mir zusammen. Die erpressten Geschäftsleute begannen sich zu wehren und hatten ihrerseits jemanden engagiert, der den Eintreiber abfangen sollte. Das musste wohl mein Angreifer gewesen sein. Aufgeflogen war das Ganze, als der Polizei ein schriftlicher Erpressungsauftrag zugespielt worden war.

Ich vermutete, dass das wohl die Nachricht aus der Munzerschen Grabvase gewesen war. Eine Botschaft, die ich nicht lesen konnte, weil sie mir so rasch von meinem Verfolger entrissen worden war. Wahrscheinlich wäre sie ja auch sowieso auf Italienisch geschrieben gewesen.

(2006)

Beziehungen

Heute schon geküsst?

Wie oft hatte ich das in Gedanken durchgespielt – bei passender Gelegenheit wollte ich meiner neuen Bekannten Dagmar die Frage stellen: »Heute schon geküsst?« Und wenn sie nach dem Überraschungsmoment nicht zu abweisend wirken würde, würde ich – ja, dann würde ich sie küssen.

Wir »gingen« schon drei oder vier Monate zusammen. »Zusammen-Gehen« war die richtige Beschreibung unserer Beziehung, denn wir trafen uns überwiegend zu Spaziergängen, und diskutierten über weiß Gott was alles. Nicht dass es mir unangenehm gewesen wäre, aber ich vermisste doch etwas – mehr Nähe. »Heute schon geküsst?« ging mir nicht aus dem Sinn. Ich wollte den Versuch unternehmen, uns aus unserer unendlichen Gesprächsschleife zu befreien. Aber es kam ganz anders: Nach einem Konzertbesuch chauffierte ich sie nach Hause, sie bedankte und verabschiedete sich im Auto. In dem Moment, indem sie den Türgriff der Beifahrertür suchte, zog ich mit meiner Linken ihren Kopf zu mir herüber, spitzte meine Lippen und traf ihre Wange. In diesem blitzschnellen Ablauf war wirklich keine Zeit, meinen Spruch los zu werden.

Ich spürte, wie diese quicklebendige Dagmar in Sekundenbruchteilen zur Salzsäule erstarrte. Oder besser gesagt zu einem Baumstamm, denn mit Salzsäulen kenne ich mich nicht aus. Als sie sich wieder gefangen hatte, stieg sie wortlos aus, schloss die Tür mit Nachdruck und ohne sich noch einmal umzudrehen, eilte sie ihrer Haustür zu. Verdutzt blieb ich noch lange im Auto sitzen, bevor ich die Heimfahrt antrat.

Nach ein paar Tagen rief sie mich an. Sie erklärte mir, dass sie sich gerne mit mir austauschen würde, meine Sicht der Dinge würde sie sehr interessieren und dabei – und dies betonte sie deutlich – solle es auch bleiben.

Ich hatte mein Interesse an Dagmar verloren....

Für mich war damit das Kuss-Thema jedoch noch lange nicht erledigt. Küsse begleiteten mich weiter, doch leider nur in Fernsehfilmen, in Zeitschriften, mitunter sogar in der Politik.

Als ich meine Enkel besuchte, fand ich im Bücherregal auch Märchenbücher. Ich blätterte und stieß auf »Dornröschen«. Wie beneidete ich den Prinzen, der die Schlafende wachküssen durfte. Ich wollte dieses Märchen meinen Enkeln vorlesen. Aber sie waren nicht interessiert; ich sollte ihnen vielmehr erklären warum Darth Vader aus ›STAR WARS‹ so röchelnd atmen würde.

Ein andermal sah ich ein Foto vom »Sozialistischen Bruderkuss« zwischen Breschnew und Erich Honecker. Das Bild fand ich abstoßend und faszinierend zugleich. Der massige Breschnew presst – vampirgleich – den spirksigen Erich an sich. Breschnews Körpersprache deutete ich: »Honecker, du bist mein!« Da dessen Gesicht abgewendet war, entzog es sich jeder Interpretation. Was war ich froh, nie einer solchen Situation ausgesetzt gewesen zu sein.

Ob sich »Honi« danach den Mund abgewischt hatte?

Ich erinnerte mich, wie ich als Zehn- oder Elfjähriger in den Großen Ferien meine Großmutter in Oberschwaben besuchte. Nach langer Bahnfahrt holte sie mich an der Station ihres Orts ab und küsste mich zu Begrüßung überschwänglich auf Stirn und Wangen. Küsse von dieser faltigen alten Frau widerstrebten mir und ich wischte mir danach mit meinem Unterarm über die betroffenen Stellen. In diesem Moment sah ich nur die alte Frau und nicht eine liebe Oma . Mein Verhalten hat sie sicher verletzt, auch wenn sie sich nichts anmerken ließ und später tat es mir auch leid. Dass ich selbst einmal alt und weniger ansehnlich werden würde, war mir damals nicht bewusst.

Das Märchen »Froschkönig« kam mir in den Sinn. Der Frosch rettet die goldene Kugel der Prinzessin aus dem Brunnen und verlangt als Lohn von ihr, sie müsse nun Tisch und Bett mit ihm teilen. Und sie ekelt sich so.
 Der Kuss des Judas Iskariot hatte auch nichts mit erwünschter Nähe zu tun, sondern war ein Zeichen, aufgrund dessen Jesus festgenommen werden konnte. Judasküsse heißen seither falsche Küsse.
 Doch zurück zu den positiven Kusserlebnissen, die doch deutlich überwiegen. Wohl kaum jemand vergisst seinen ersten Kuss – einen »oralen Körperkontakt«, wie er sachlich bei WIKIPEDIA beschrieben wird.
 Der 6. Juli wird als Tag des Kusses gefeiert und auf dem Berliner Wittenbergplatz fanden schon Kiss-In(s) statt – leider ohne mich. Da hätte ich mich auch ins Getümmel geworfen. Ich stellte mir vor, wie alle Beteiligten vor dem Startschuss das Terrain beäugten, um dann loszustürzen. Was würde passieren, wenn sich Zwei oder Drei das gleiche Ziel ausgesucht hätten? O je!
 Am 14. Februar, dem Valentinstag, haben Geschäfte in Gelnhausen Schaumküsse verschenkt, wie berichtet wurde.
 Gute (weibliche) Bekannte begrüßt man mit Küsschen: Bussi, Bussi.

Und inzwischen gibt es sogar ein Brettspiel für Paare »Heute schon geküsst?«

Als in Basel eine Ausstellung mit Plastiken von Auguste Rodin gezeigt wurde, bin ich hingefahren. Ich schlenderte durch den Saal mit den wenigen Originalen und den nicht weniger beeindruckenden Kopien von Rodins Figuren und Ensembles. Ich zog meine Kreise durch die Ausstellung, doch Immer wieder kam ich zurück zu seiner Plastik »Der Kuss«.

Da tupfte mir jemand auf die Schulter. Ich fuhr herum – vor mir stand Julia. Julia, eine Frau in meinem Alter, ich traf sie oft in Vorträgen und Ausstellungen. Wir waren uns sympathisch, denn stets haben wir bei solchen Anlässen unsere Meinung über das Gesehene oder Gehörte ausgetauscht.

»Was bewegt dich so, immer wieder genau hierher zurück zu kehren?«

Statt einer Antwort zuckte ich mit den Schultern und räusperte mich.

Julia schmunzelte und winkte mich mit ihrem Zeigefinger zu sich heran.

»Noch näher!«

Da fasste sie meinen Kopf mit beiden Händen, zog mich zu sich heran und küsste mich.

»Heute schon geküsst?« brach es krächzend aus mir heraus und im gleichen Moment ärgerte ich mich über diese jetzt als doof empfundene Parole.

»Ja«, lachte sie, »eben jetzt!«

Ich blickte sie fragend an und sie lächelte.

Da atmete ich tief ein und aus und küsste zurück.

Hm. Manchmal fällt einem das in den Schoß, um das man sich zuvor vergeblich bemüht hatte.

»Komm', gehen wir hier in das Café!«, schlug sie vor.

Das erste Mal nahm ich ihre graugrünen Augen wahr und die Grübchen auf ihren Wangen.

Ich fühlte eine lang vermisste Heiterkeit in mir.

Mir war, als wäre ich ein Stückchen gewachsen.

»Gerne« antwortete ich und folgte ihr beschwingt.

Und auf einmal hatte ich Konstantin Weckers Lied im Kopf:

»Wer nicht genießt, ist ungenießbar!«

(2019)

Kleine Geierkunde

für Klara J. Allgeier

Mächtig ist der Gänsegeier,
Spannt er seine Flügel aus,
Kommen glatt zwo siebzig raus.
Monogam pflegt er den Zweier.

Er segelt weit
Und sucht nach Aas,
Das er mit seinesgleichen fraß.
Zweifarbig ist sein Federkleid.

Ein Kondor ist weit größer noch,
Zuhause in der neuen Welt,
Raubt Lämmer er und Kinder, doch
Vergreift niemals sich an Geld.

Ziemlich schwarz ist der Gesell',
Fünfzehn Kilo sein Gewicht.
(Sein Fleischkonsum führt nicht zur Gicht),
Etwas kleiner die Mamsell.

Der mächtigste der Geier, rat',
Du wirst es wohl nicht fasse(n),
Allgeier ist die Spitzenrasse,
Im evolutionären Pfad!

Das bekannteste Exemplar,
Heißt Klara und
Wiegt etwas über fünfzig Pfund.
Sie macht sich gar nicht rar.

Gesellig ist sie von Natur,
und fröhlich kann sie lachen,
Sie macht in Kunst und Sprachen-Sachen,
Nimmt Freunde mit auf ihre Tour.

'Drum merke, diese Allgeierin,
unsere Klara – bringt Gewinn!

(2020)

Eine Wanderung im Wald mit Alfred

Zur Erinnerung an Alfred [gest. 2022]

Es droht die Gelbbauchunke,
Haut ab! sonst ich euch tunke,
In meinen garstig Pfuhl.
Doch Alfred unerschrocken,
Er bindet seine Socken,
An einen langen Stecken,
Und wedelt, sie zu necken,
Die Kröte findets gar nicht cool!
Mit Grimm hopst sie von dannen.
Hurra – auf geht's – ihr Mannen!

(2014 & 2022)

Anhang

Vom ›Wesen‹ der Kurzgeschichte(n)

Zitate:

Die Kurzgeschichte ist die säkularisierte Kalendergeschichte unserer Epoche‹ (Hans Bender)

›Eine Kurzgeschichte ist eine Geschichte, an der man sehr lange arbeiten muss, bis sie wirklich kurz ist.‹ (Vicente Alexandre)

›Entschuldige die Länge des Briefes, ich hatte keine Zeit mich kurz zu fassen!‹ (Johann Wolfgang von Goethe)

Historie:

Ursprung in den ›short stories‹ der angelsächsischen Literatur, von Edgar Allen Poe und Mark Twain über Ernest Hemingway zu Sinclair Lewis...
In Deutschland der Nachkriegszeit haben bekannte Schriftsteller/innen (auch) in dieser Form geschrieben: Wolfgang Borchert, Heinrich Böll, Ilse Aichinger, Marie Luise Kaschnitz, Siegfried Lenz, Wolfgang Hildesheimer... Inzwischen werden in einschlägigen Internetforen und privaten Homepages Zehntausende von Kurzgeschichten zum Lesen angeboten.

Merkmale:

- Man soll sie in einem Leseakt (im Wartezimmer, im Bus) lesen können, also geringer Umfang
- Nur sehr kurze Hinführung, oft direkter Einstieg in die Handlung

- Einsträngige Handlung, ohne Zeitsprünge, chronologisch aufgebaut
- Eine, selten mehrere Personen steht bzw. stehen im Mittelpunkt
- Situation meist sehr konfliktgeladen, eine wichtige Episode aus dem Leben der handelnden Person
- Ein überraschender Schluss (ohne Lösung): die Leser sollen oder müssen sich mit dem Thema weiterbeschäftigen

(2008)

MIX
Papier aus verantwortungsvollen Quellen
Paper from responsible sources
FSC® C105338